Nicole Kordek
Tortenzauber

AF284062

Über die Autorin
Nicole Kordek, geboren in Rheine, lebt und arbeitet im Münsterland. Sie studierte an den Universitäten Greifswald und Düsseldorf, arbeitete während ihres Praktischen Jahres in Göttingen und Peterborough/England und ist als promovierte Pharmazeutin seit vielen Jahren in der Industrie tätig.
In Kindertagen hat sie mit der Schreibmaschine ihrer Mutter kurze Geschichten geschrieben. Diese Begeisterung fürs Schreiben hat sie nie losgelassen. Nach „Hoferbe" ist „Tortenzauber" ihr zweiter Roman mit der Detektivin Charlotte „Lotta" Kemburg.
Mit ihrer Familie lebt die Autorin in der Nähe von Münster/ Westfalen.

Nicole Kordek

Tortenzauber

Roman

FSC
www.fsc.org
MIX
Papier aus ver-
antwortungsvollen
Quellen
Paper from
responsible sources
FSC® C105338

Bibliografische Information der Deutschen Nationalbibliothek:
Die Deutsche Nationalbibliothek verzeichnet diese Publika-
tion in der Deutschen Nationalbibliografie; detaillierte bibliografische Daten sind im Internet über http://dnb.dnb.de ab-
rufbar.

Lektorat: Amelie Soyka, Köln
Umschlaggestaltung: Tonia Wiatrowski, Braunschweig
Titelfotos: Amelie Soyka/Axel Hartmann, Köln

Herstellung und Verlag: BoD – Books on Demand,
Norderstedt

ISBN: 978-3-7526-6150-7

Für Karola und Ludger

Kapitel 1

„Und, Schwesterherz, bist du immer noch so begeistert von deinem Aufbaustudium? Die Vorlesungszeit des ersten Semesters ist doch bald zu Ende, da hast du dir bestimmt schon eine Meinung gebildet. Wirst du Kriminologin oder doch eher kriminell?" Jule schaltete das Radio ein und startete den Motor ihres kleinen Stadtflitzers.

Na toll, mit so einem Gesprächseinstieg hatte Charlotte nicht gerechnet. Jetzt galt es also direkt, kreativ zu werden und das Notlügenkästchen zu öffnen. So ist das, wenn nur der Verlobte vom Detektiv-Dasein seiner Liebsten weiß – das gesamte Umfeld, weder Familie noch Freunde, aber nicht. Zum Glück konnte Alexander schweigen.

„Bislang finde ich es ziemlich gut. Es werden wirklich interessante Fälle besprochen. Ich bin gespannt, was die nächsten Semester bringen. Aber ehrlich gesagt geht es auch viel um statistische Analyseverfahren." In der Hoffnung, weitere Fragen zu diesem Thema zu vermeiden, fragte Charlotte direkt zurück. „Weißt du, wo wir hinmüssen?"

„Klar doch."

Jule hatte Charlotte zu Hause abgeholt, um mit ihr zum ‚Törtchen' nach Münster zu fahren. Das war eine kleine Konditorei in der Altstadt, die unter anderem wunderbare Hochzeitstorten herstellte. Dort waren sie also genau richtig: Für ihre anstehende Hochzeit wollten sie die Torte aussuchen, und zwar nicht irgendeine, sondern die ultimative – natürlich. Das hatten sich die Charlotte und Alexander auf jeden Fall vorgenommen, als sie vor Wochen den Termin Ende April festgelegt hatten. Emma, die dritte der Schwestern, machte gerade ein Praktikum in Spanien und war deshalb nicht dabei.

„Wie sind deine Kommilitonen denn so drauf? Und die Dozenten?"

Jule ließ nicht locker.

„Die sind alle o.k. Aber lass uns doch bitte über etwas anderes als berufliche Dinge sprechen, ja? Wann waren wir zwei eigentlich das letzte Mal bei Marie und haben uns dem Zucker hingegeben?"

Charlotte lächelte Jule von der Seite erwartungsvoll an. Wenn Jule auf ihr Ablenkungsmanöver nicht einginge, würde das eine sehr lange Autofahrt für sie werden.

„Lass mich überlegen. Mmhh. Das muss fast ein Jahr her sein. Erinnerst du dich? Wir hatten für Papas Geburtstagsfeier eine Torte bei ihr bestellt. Emma war beim Abholen auch dabei und wir konnten der süßen Versuchung einfach nicht wiederstehen und haben uns alle ein Stückchen gegönnt. Hast du Marie zwischendurch nicht getroffen?"

Charlottes Taktik schien aufzugehen.

„Nein, leider nicht. Unsere gemeinsame Grundschulzeit ist ja nun auch schon ein paar Jährchen her, so eng waren wir damals nicht befreundet. Es war eher Zufall, dass ich ihren Namen auf dem Flyer, den sie damals zur Eröffnung des ,Törtchens' verteilen ließ, wiedererkannt habe. Die liebe Marie Bürmer und ihre Konditorei. Ich freue mich darauf, sie wiederzusehen."

Ihre Anspannung wich und mit einem tiefen Atemzug ließ sie sich in den Beifahrersitz sinken.

„Toll, dass sie uns einen Termin an ihrem freien Nachmittag gegeben hat. Vielleicht hat sie ja ein paar Kleinigkeiten zum Probieren für uns vorbereitet. Ich hätte wohl Appetit."

Jule drehte das Radio etwas lauter. Vergnügt vor sich hin summend, wiegte sie sich im Rhythmus der Musik.

Wie unterschiedlich sie und ihre Schwestern doch waren, dachte Charlotte, als sie Jule beobachtete. Eines hatten alle

8

drei gemeinsam: ihren Dickkopf, der ihren Vater als einziges männliches Wesen in einem Vier-Frauen-Haushalt oft an den Rand des Wahnsinns getrieben hatte. Vom Charakter und Aussehen her waren sie aber sehr unterschiedlich. Charlotte hielt sich selbst für relativ nüchtern, ruhig und vernünftig. Jule war mehr die emotionale Femme fatale, die ihren Gefühlen immer freien Lauf ließ, deswegen aber nicht weniger ehrgeizig als Charlotte war. So zum Beispiel beim Sport: Jule hatte kurze blonde Haare, damit sie beim Sport nicht störten, und war vom Körperbau her eher drahtig, was zu ihrer Leidenschaft Triathlon passte. Charlotte joggte zwar gerne, aber das war es schon an sportlichen Aktivitäten. Das Nesthäkchen Emma war die Verträumte, immer ein bisschen liebenswert verpeilt und blauäugig durchs Leben laufend. Und Emma liebte Süßes und ihre Yogakurse. Ja, ja, die drei Schwestern.

Jule riss Charlotte aus ihren Gedanken.

„Sie hat nicht zufällig einen charmanten, gut aussehenden Bruder, der auch Konditor und dazu noch Single ist? Das wäre die perfekte Kombination für mich."

„Was ist denn mit Robert?", fragte Charlotte erstaunt. Sie kam bei den ständigen Freundeswechseln ihrer kleinen Schwester kaum noch mit.

„Ach der. Ja. Nee. Das war nichts mehr mit uns beiden. Unsere Beziehung funktionierte einfach nicht. Wir haben uns in Freundschaft getrennt."

„Ist klar."

„Wirklich! Aber jetzt erzähl: Hat Marie einen netten Bruder?"

„Nein, hat sie nicht", berichtete Charlotte kopfschüttelnd. „Soweit ich mich erinnern kann, hat sie überhaupt keine Geschwister. Ihre Familiengeschichte ist eher traurig."

„Wieso?"

9

„Nachdem ich den Flyer gesehen hatte, habe ich sie Wochen später im ‚Törtchen‘ besucht. Wir haben uns nach so langer Zeit tatsächlich wiedererkannt und sie hatte gerade etwas Luft zu plaudern. Sie erzählte mir, dass sie die weiterführende Schule besucht und anschließend die Lehre als Konditorin begonnen hatte, als ihre Eltern bei einem schlimmen Autounfall starben. Das hat sie ziemlich aus der Bahn geworfen und sie musste eine längere Pause einlegen. Zum Glück spielte ihr Arbeitgeber mit.“

„Beide Elternteile? Das ist hart.“

„Nachdem sie sich wieder einigermaßen gefangen hatte, führte sie die Ausbildung fort und beendete sie erfolgreich, sogar als Jahrgangsbeste, wenn ich mich richtig erinnere. Du musst wissen, dass ihr Vater Bäcker war. Die Trauer und den Verlustschmerz schien sie in Ehrgeiz umgewandelt zu haben. Seitdem ging es auf jeden Fall beruflich stetig bergauf. Es folgte die bestandene Meisterprüfung, dann die Eröffnung der eigenen Konditorei inklusive Café. Die Köstlichkeiten, die sie zaubert, sind aber auch einfach zu wunderbar – nicht nur geschmacklich, sondern auch optisch. Hammer.“

Charlotte kramte in ihrer Tasche nach dem Handy. Sie öffnete die Fotos, die Marie Bürmer ihr von einigen Hochzeitstorten geschickt hatte, die aus ihrer Backstube stammten.

„Die Fotos hatte ich dir doch gezeigt, oder? Die sehen unglaublich gut aus, finde ich.“

„Ja, ja. Die sind großartig.“

Jule schien Maries Schicksal nicht loszulassen. Mit ernstem Blick und besorgtem Unterton hakte sie nach: „Kurz noch mal zu Marie: keine Geschwister, keine Eltern, selbstständig, gerade mal dreißig Jahre alt. Hat sie überhaupt noch ein eigenes Leben? Ich meine, so ein Laden läuft ja auch nicht von alleine. Feierabend, Urlaub, Freunde, Hobbys? Gibt es so etwas für sie überhaupt noch?"

Für einen kurzen Moment schauten die Schwestern nachdenklich auf die Straße und schwiegen.

„Ich kann es dir nicht sagen", sagte Charlotte schließlich. „Aber weißt du was: Ich freue mich so sehr über unseren gemeinsamen Ausflug zum ‚Törtchen' und auf die Aussicht, ein weiteres schönes Puzzleteil für unsere Hochzeit zu finden, dass ich mir über Maries Leben im Augenblick keine Gedanken machen möchte. Ist das o.k. für dich?"

Jule nickte.

„Ich weiß, dass sie die Inhaberin und Chefin vom ‚Törtchen' ist und dass eine weitere Konditorin bei ihr arbeitet. In dem Café hat sie im Service Studenten als Aushilfskräfte eingestellt. Man kann also nur hoffen, dass sie sich so gut organisiert hat, dass sie ihr Leben auch genießen kann."

„Das hoffe ich auch", sagte Jule und seufzte.

Eine Weile lauschten beide der fröhlichen Musik, die aus dem Autoradio kam. Charlotte durchstöberte noch mal Maries Tortenfotos auf dem Handy.

„Ich hätte sogar eine Favoritin unter all diesen hübschen Hochzeitstorten, bei der ich mir sicher bin, dass sie Alexander auch gefallen würde."

„Dann haben wir es ja schon." Jule klopfte Charlotte mit ihrer Hand auf den Oberschenkel. „Was machen wir dann eigentlich hier?", fragte sie grinsend.

Inzwischen waren sie fast am Ziel angekommen, geschickt lenkte Jule ihren Wagen in die schmalen Altstadtsträßchen. Jetzt galt es nur noch, einen Parkplatz zu finden. Und das war in Münster eine echte Herausforderung.

„Da vorne ist es doch, richtig?"

„Genau. Und schau mal, direkt gegenüber ist auch ein Parkplatz frei. Kommst du da rein?"

„Aber selbstverständlich."

In zwei Zügen stand Jules Auto perfekt in der Parklücke.

Beide schauten aus dem Fenster auf Maries Konditorei.

Die Räumlichkeiten lagen im Erdgeschoss eines schönen Altbaus. Neben der gläsernen Eingangstür war ein großes bodentiefes Fenster, das den direkten Blick auf die Theke und den Cafébereich freigab. Holzrahmen von Tür und Fenster waren in einem hellen Blau gestrichen. Zwei Treppenstufen führten ins ,Törtchen', das für Gäste einen gemütlichen, kleinen Bereich zum Verweilen mit hübschen Holztischen und bequemen Stühlen bot. Von den hohen Decken hingen schlichte Lampen, eine über jedem Tisch. Alles war dunkel, was nicht verwunderlich war, denn in der Tür prangte gut sichtbar ein Schild mit der Aufschrift „Geschlossen".

Charlotte nebst Gast sollten durch den Hintereingang kommen. Marie hatte ihr den Weg beschrieben: durch die Einfahrt rechts vom ,Törtchen' auf den Hof gehen und direkt an der ersten Tür links klingeln.

„Das sieht wirklich total süß aus", meinte Jule. Sie kicherte.

„Dann wollen wir mal die Braut unter die Haube bringen. Und damit meine ich nicht nur die Kuchenhaube. Auf geht's, große Schwester."

Sie lösten ihre Anschnallgurte und stiegen aus.

12

Kapitel 2

Der für Januar mittlerweile typische Münsterländer Regen – Schnee gab es nur noch alle paar Jahre – hatte in der Nacht aufgehört. Es war aber immer noch recht bewölkt und windig. Trotz des trüben Wetters überquerten Jule und Charlotte mit hochgeschlagenem Kragen lachend und plappernd die schmale Straße und schritten durch die Einfahrt. Im Hinterhof stand ein kleiner Lieferwagen, auf dem in verschnörkelten pinken Buchstaben ‚Törtchen‘ stand. Als Charlotte auf den Klingelknopf drückte, war der Ton auch draußen gut zu hören. Sie warteten einen Moment, und nachdem niemand öffnete, schellten sie erneut.

„Komisch." Charlotte schaute auf ihre Uhr. „15 Uhr hatten wir vereinbart."

Jule griff zur Türklinke und drückte sie nach unten. Die Tür öffnete sich.

„Wenn das mal keine Einladung ist einzutreten", sagte sie.

„Hallo! Hallo Marie! Wir sind's. Charlotte und Jule Kemburg."

Es antwortete niemand. Plötzlich klingelte Charlottes Handy in ihrer Tasche und ließ beide Frauen zusammenzucken. Charlotte zog es hervor, auf dem Display erschien Alexanders Foto und Name.

„Ich muss kurz ran."

„O.k., dann gehe ich schon mal vor."

Charlotte nahm ab. „Hallo Schatz."

Bei diesen Worten verdrehte Jule die Augen, lächelte und verschwand durch die geöffnete Tür.

Plötzlich hörte Charlotte ein leises ‚Hilfe‘. Sie stutzte.

„Hilfe!" Der Ruf wurde lauter.

Das war doch die Stimme ihrer Schwester.

13

Jetzt drang ein panisches „Hilfe! Lotta! Hilfe! Bitte komm schnell!"

„Alexander, ich muss Schluss machen. Da stimmt was nicht. Bis später", unterbrach sie ihn und legte auf.

Sie eilte durch den schmalen Flur. Wo war denn wohl die Backstube? Am Ende des kurzen Ganges lag ein ebenfalls sehr beengtes Treppenhaus. Die Treppe führte sowohl in die Obergeschosse als auch in den Keller. Außerdem standen ihr zwei Türen zur Wahl, wobei die eine wie die eines Kühlraums aussah und verschlossen war. Die andere stand einen Spalt breit offen.

Charlottes Herz schlug bis zum Hals. „Jule?"

„Hier! Hilfe!", drang es aus dem Raum hinter der geöffneten Tür.

Sie stürmte hinein und fand sich in der Backstube wieder. Küchenmaschinen zum Teigrühren und andere Gerätschaften – alles in XXL – standen auf Edelstahlschränken an der einen Wand. Die Backöfen an der anderen. Gegenüber eine Tür, die vermutlich in den Verkaufs- und Cafébereich führte. Rechts von ihr ragte ein übergroßer Edelstahltisch auf. Darauf warteten zwei aufgeschlagene Ordner mit großen Fotos von Hochzeitstorten. Da hatte sich also jemand vorbereitet, registrierte Charlotte. Sie sah ihre Schwester auf der anderen Tischseite. Kreidebleich und am ganzen Körper zitternd. Mit wenigen Schritten umrundete sie den Tisch. Da sah sie sie auf dem Boden liegen. Fast wäre sie ausgerutscht, konnte sich aber gerade noch fangen und hielt sich krampfhaft an der Edelstahltischkante fest. Ihr Gehirn brauchte einen Moment, bis sie begriff, was sie sah.

„Was ist …" Ihr blieben die Worte im Hals stecken. „Oh mein Gott! Was? Wer?"

Sie legte einen Arm um ihre schluchzende Schwester. Jule musste so schnell wie möglich hier raus, war der einzige

14

Gedanke, der Charlotte durch den Kopf schoss. Sie wollte sie nach draußen führen, aber ihre Schwester rührte sich kein Stückchen.

„Jule, komm. Du musst hier weg. Ich helfe dir."

Keine Reaktion. Charlotte versuchte es lauter und im Befehlston. Das half.

Draußen im Hof stand ein weißer Plastikstuhl, daneben ein überfüllter Aschenbecher. Sie setzte Jule auf den Stuhl, streichelte ihr übers Gesicht und sagte ihr, dass sie gleich wieder bei ihr sei. Jule nickte tapfer, Tränen liefen ihr über die Wangen. Charlotte versuchte, sie zu beruhigen, und umarmte sie einmal fest. Dann rannte sie zurück in die Backstube.

„Jetzt nur die Ruhe bewahren, Lotta", dachte sie.

Sie umrundete den Tisch und wäre erneut fast gestürzt. Was war das nur für ein Schmierfilm auf dem Fliesenboden? Sie ging in die Hocke und entdeckte unter dem Tisch eine leere Speiseöl-Flasche. Kein Wunder, dass es hier spiegelglatt war.

Charlotte hatte Marie Bürmer sofort erkannt. Da die Konditorei heute geschlossen hatte, hatte sie zwar keine Arbeitskleidung an, dennoch war die Person auf dem Boden eindeutig ihre alte Schulkollegin. Vorsichtig trat sie näher. Maries Kopf lag in einer merkwürdigen, unnatürlichen Position da. Rund um sie hatte sich eine große Blutlache gebildet. Maries brünette Haare waren vom Blut vollkommen verklebt. Mehr konnte Charlotte nicht erkennen. In der Hoffnung, dass sie nur unglücklich gestürzt und ohnmächtig war, sprach Charlotte sie an.

„Marie. Hallo Marie. Hörst du mich?"

Doch sie bekam keine Antwort. Sie griff nach Maries Hand. Sie fühlte sich warm an.

„Hallo Marie! Kannst du mich verstehen?"

15

Mit der einen Hand hielt sie Maries schlaffen Arm, mit der anderen suchte sie den Puls. Nichts. Marie Bürmer war tot. Sie spürte, wie auch sie anfing zu zittern und ihr Körper sich verkrampfte.

Was war hier passiert? Wie kam das Speiseöl auf den Boden, in dessen Lache Marie lag? Selbstverständlich bewegte Charlotte die Leiche keinen Zentimeter und fasste sie auch nicht mehr an. Die Ordner mit den Fotos hatte sie wohl für Jule und sie bereitgelegt. Irgendwo stand bestimmt auch eine Flasche Prosecco mit drei Gläsern und ein paar Petits Fours, um in netter Gesellschaft fröhlich ihre Hochzeitstorte auszuwählen. Das durfte doch nicht wahr sein!

Charlotte versuchte, sich zu beruhigen und alles, was sie in dem Raum sah, abzuspeichern. Später würde sie sich zu Hause Notizen dazu machen. Jetzt musste die Polizei gerufen werden. Sie wunderte sich ein wenig über sich selbst, dass sie in der Lage war, relativ klare Gedanken zu fassen. War das die Lehre aus ihrem ersten Fall bei der Detektei Phönix, bei dem sie ins kalte Wasser gesprungen und gezwungen gewesen war, direkt so einiges mitzumachen?

Sie ging zurück nach draußen und konzentrierte sich auf ihren Atem. Ihre Schwester saß zusammengesunken auf dem Stuhl, sie weinte immer noch.

„Ist Marie ..." Die Stimme versagte ihr.

„Ja, Julchen, sie ist tot."

Jule schlug die Hände vors Gesicht und schluchzte. Charlotte griff zum Handy und wählte die Notrufnummer der Polizei. In kurzen Sätzen schilderte sie die Lage.

Nur wenige Minuten später waren zwei Polizeiautos vor Ort; kurz darauf traf ein Leichenwagen ein. Jules und Charlottes Daten und Aussagen wurden aufgenommen, außerdem wurden sie gebeten, sich in den nächsten Tagen für weitere Fragen zur Verfügung zu halten. Die Frage, ob sie einen Transport nach Hause benötigten, verneinte Charlottes dankend.

Sie ließ sich von Jule den Autoschlüssel geben und bugsierte sie auf den Beifahrersitz. Dort brach ihre Schwester vollkommen zusammen. Charlotte nahm sie tröstend in die Arme. Nachdem sie sich ein bisschen beruhigt hatte, legte Charlotte den Gang ein und fuhr los.

Zu Hause in ihrer Villa Kunterbunt bereitete sie schnell ein Bad für die immer noch zitternde Jule vor, das würde ihr bestimmt guttun. Sobald ihre Schwester in der großen Wanne mit duftendem Schaum abgetaucht war, schnappte sie sich ihr Notebook, setzte sich neben die Badewanne und schrieb alles auf, was ihr vom heutigen Tag im Gedächtnis geblieben war.

Irgendwann, für sie waren es gefühlt nur fünf Minuten, dabei war es bestimmt eine halbe Stunde später, hörte sie Jule flüstern: „Lotta?"

„Mmhmmh."

„Was ist heute geschehen? Was haben wir da gesehen? Ist Marie wirklich tot?"

„Ja. Ist sie." Sanft streichelte sie Jule über den Kopf.

„Wie konnte das passieren?" Tränen strömten ihr über die Wangen.

„Ich weiß es nicht." In Gedanken fügte Charlotte „noch nicht" hinzu.

„Ich möchte jetzt gerne zu Mama und Papa nach Hause. Rufst du sie bitte an."

„Klar doch. Das mache ich." Sie gab ihr einen Kuss auf den Kopf.

Die Eltern Kemburg kamen zur Villa Kunterbunt und holten Jule ab, allerdings nicht ohne sich bis ins Detail von Charlotte schildern zu lassen, was sie heute erlebt hatten.

17

Jule saß währenddessen bei ihrer Mutter auf dem Schoß, die sie in den Armen hielt und streichelte.

„Wie schrecklich, auf diese Weise zu sterben", sagte ihr Vater zum Schluss. „Da fällt zufällig eine Ölflasche auf den Boden und die Frau vom Fach stürzt so unglücklich, dass sie dabei stirbt. Die arme Marie."

Charlotte dachte an diesem Abend noch lange über die Zusammenfassung ihres Vaters nach. Marie Bürmer war durch und durch Profi in ihrem Beruf. Trafen Zufall und Unglück hier wirklich aufeinander? Sie hatte ihre Zweifel. Auch dies notierte sie sich. Am Abend berichtete sie Alexander von dem Fall und ihren Gedanken. Natürlich kam von ihm zwischendurch ein neckisches „Lotta, unsere Spürnase". Ihr ernster Gesichtsausdruck bei diesem Spruch ließ ihn allerdings sofort verstummen.

Eines war ihr klar: Den fürchterlichen Anblick von Maries totem Körper und ihrem Kopf in der Blutlache würde sie nicht so schnell vergessen.

Sie würde mit großem Interesse die polizeilichen Ermittlungen verfolgen, soweit ihr das möglich war. Und sie erwartete definitiv in den nächsten Tagen eine Einladung aufs Polizeipräsidium, um ihre Schilderungen gegebenenfalls zu präzisieren und weitere Fragen zu beantworten.

Kapitel 3

Nichts dergleichen geschah. Kein Anruf, keine E-Mail, kein Brief, kein persönlicher Besuch der Polizei. Nichts. Hätte der Tag sich nicht in Charlottes Gedächtnis eingebrannt, könnte man meinen, es wäre nichts passiert.

An einem regnerischen Morgen, eine paar Tage später, fasste sich Charlotte ein Herz und rief auf dem Polizeipräsidium an. Dass die Polizei keine weiteren Ermittlungen anstellte, konnte und wollte sie einfach nicht glauben. Nach kurzer Zeit wurde sie mit dem zuständigen Beamten verbunden.

„Guten Morgen. Mein Name ist Charlotte Kemburg."

„Meier. Guten Morgen. Womit kann ich Ihnen helfen?" Die männliche Stimme klang höflich.

„Es geht um den Tod von Marie Bürmer. Ich wollte mich erkundigen, wie es damit weitergeht und ob ich Ihnen noch behilflich sein kann."

„Weitergehen? Wieso? Und in welcher Form wollen Sie uns helfen?"

„Nun ja, meine Schwester und ich haben die Tote, übrigens eine ehemalige Schulkameradin von mir, in ihrer Konditorei gefunden."

„Oh, das tut mir leid. Aber es wird keine Ermittlungen geben. Unserem Gerichtsmediziner zufolge handelte es sich um einen Unfall, bei dem Frau Bürmer stürzte und sich das Genick an der hinter ihr stehenden Arbeitsfläche gebrochen hat. Die Akte wurde daher bereits geschlossen."

„Aber die Speiseöl-Flasche auf dem Boden? Woher kam die? Es war doch sonst alles extrem sauber und aufgeräumt in dem Raum." Sie wollte weder hysterisch noch vorwurfsvoll klingen. Aber das war ihr offenbar nicht ganz gelungen, denn der Ton des Polizisten wurde kühler.

19

„Wie ich sagte: Die Akte ist geschlossen. Soweit ich weiß, ist morgen die Beerdigung. Und jetzt wünsche ich Ihnen noch einen schönen Tag."

Charlotte schluckte.

„Danke. Ihnen auch."

Nein, nein, nein, das war kein Unfall, schoss es ihr durch den Kopf. Sie erinnerte sich genau an die Backstube. Es hatten keine Zutaten herumgestanden, kein Mehl, kein Zucker, auch keine benutzten Gerätschaften, nichts. Alles war weggeräumt, sauber. An dem Nachmittag wurde dort nicht gearbeitet. Wie sollte es da zu diesem Unglück gekommen sein? Eine Konditormeisterin wie Marie kleckerte doch nicht einfach mit Speiseöl herum?

Charlotte horchte in sich hinein: ‚Spürnase' hatte Alexander sie genannt, und ja, er hatte recht: Sie glaubte einfach nicht an einen Unfall. Und deshalb traf sie eine Entscheidung: Das war ihr neuer Fall als Ermittlerin. Sie musste herausfinden, ob Marie Bürmer tatsächlich einem unglücklichen Zufall zum Opfer gefallen war oder ob andere Umstände zu ihrem Tod geführt hatten. Konnte und wollte sie bei ihrem ersten Fall bis zum Schluss nicht glauben, dass Anna ermordet worden war, so war sie sich bei Marie ganz sicher, dass sie nicht einfach grundlos ausgerutscht war. Irgendwie fühlte sie sich dazu verpflichtet, nicht nur weil Marie ihre höchstpersönliche Hochzeitstorten-Konditorin hätte sein sollen, sondern auch, weil ihre frühere Schulkameradin offenbar alleine durch die Weltgeschichte gestapft war und vielleicht niemand nachforschen würde, was wirklich passiert war.

Es war ein Leichtes herauszufinden, wo Maries Beerdigung am nächsten Tag stattfinden würde. Für Charlotte stand fest, dass sie sie auf ihrem letzten Weg begleiten würde.

Auf diese Weise konnte sie auch ein paar Kontakte in Maries Umfeld knüpfen. Danach würde sie in die Detektei Phönix gehen und mit ihrem Chef Jochen Räsner den Fall besprechen. Seine Sekretärin Frau Strasser konnte Charlotte direkt einen Termin für morgen bestätigen.

Die Idee, ihren Arbeitgeber miteinzubeziehen, führte zu einer interessanten Konstellation: Charlotte würde Auftraggeberin und Ermittlerin der Detektei Phönix in einer Person werden. Aber sie wollte so ein Unterfangen nicht ohne Jochens Expertise und Möglichkeiten durchführen. Komplett auf eigene Faust – das war ihr zu riskant. Und Jochen würde sicherlich Verständnis dafür haben.

Der Tag von Marie Bürmers Beerdingung war ein grauer Wintertag. Auf dem Weg zum Friedhof konnte Charlotte nur langsam fahren, denn der dicke Nebel schränkte die Sicht stark ein. Das würde bestimmt den ganzen Tag so bleiben. Das passende Wetter für so ein trauriges Ereignis. Als sie aus dem Auto ausstieg, spürte sie sofort, wie die Kälte in ihr hochkroch, obwohl sie eine dicke Winterjacke, Schal, Mütze und Handschuhe trug. Auf dem Friedhofsparkplatz standen nicht viele Fahrzeuge. Mit gesenktem Kopf lief sie zur Friedhofskapelle, die zum Glück gut beheizt war. Zielstrebig ging sie zu einem Stuhl in der letzten Reihe und setzte sich, nahm ihre Mütze ab, zog die Handschuhe aus und blickte durch den Raum.

Etwas verwundert musste sie feststellen, dass dort, wo sonst der Sarg aufgebaut war, eine Urne stand. Marie war also eingeäschert worden. Ganz die Ermittlerin dachte Charlotte sofort, dass jetzt alle möglichen Beweise, die an der Leiche hätten gefunden werden können, vernichtet waren. Es zweifelte also niemand an einem unglücklichen Unfall. Sie schüttelte voller Unglauben den Kopf.

Vorne in der ersten Reihe sah sie eine hochgewachsene, schlanke Frau mit kurzen schwarzen Haaren, die leise weinte. Eine ältere Frau hatte den Arm um sie gelegt. In den Reihen dahinter drängten sich jüngere Leute, die leise tuschelten, vermutlich Maries studentische Aushilfskräfte für den Service. Auf der anderen Seite der Stuhlreihen, ebenfalls in der letzten Reihe, saß ein Mann, Charlotte schätzte ihn auf Ende dreißig, mit auffallend roten Haaren, die sein rundliches Gesicht in Locken umringten. Vor ihm hatten drei Pärchen gemischten Alters Platz genommen.

Der Geistliche hatte es offensichtlich eilig. Schon nach kurzer Zeit winkte er zwei junge Männer heran, die zu beiden Seiten der Urne die Tragevorrichtung ergriffen und langsam losgingen. Er selbst folgte in einigem Abstand. Dahinter schloss sich die Frau mit den schwarzen Haaren an, in Begleitung der Älteren. Charlotte erkannte sofort, dass es Mutter und Tochter waren, die Ähnlichkeiten waren nicht zu übersehen. Dann kamen die Studenten und die gemischten Pärchen. Der Mann mit den roten Haaren wischte sich mit einem Taschentuch die Tränen aus dem Gesicht. Charlotte stand auf und schloss sich dem Trauerzug an. Sie hörte, wie sich der Mann hinter ihr schnäuzte und ihr folgte. Beim Verlassen der Kapelle zogen alle vor Kälte die Schultern hoch. Die Zeremonie am Urnengrab hielt der Geistliche ebenfalls sehr kurz. Die Mutter musste ihre schluchzende Tochter stark stützen, als diese eine kleine Blume, die sie aus ihrer Jackentasche gezogen hatte, in die Graböffnung auf Maries Urne warf. Dann gingen sie ein paar Schritte zur Seite.

Die anderen Trauergäste traten einzeln an das Grab und verweilten kurz. Anschließend drehten sie sich zu Mutter und Tochter und gaben ihnen die Hand. Die Studenten nahmen die junge Frau in die Arme und strichen ihr über den

Rücken. Charlotte fühlte sich nicht sonderlich wohl in dieser Situation. Der Rothaarige hatte sich von der Gesellschaft etwas zurückzogen, und sie tat es ihm gleich. Sie vermutete, dass die junge Frau die Konditorin war, die für Marie gearbeitet hat.

Es war so bitter kalt, dass die drei Pärchen nach ihrer Kondolenz bei Maries tieftrauriger Mitarbeiterin den Friedhof direkt verließen. Die Studenten schlossen sich an. Der Rothaarige war plötzlich wie vom Erdboden verschluckt. Der Geistliche und die beiden jungen Männer waren auch fort. Nur noch die beiden Frauen und Charlotte standen auf dem Friedhof.

Charlotte zögerte und wusste nicht so recht, wie sie sich verhalten sollte. Als die zwei langsam das Grab verließen, wartete sie einen Moment, nahm all ihren Mut zusammen und ging hinter ihnen her. Schnell hatte sie sie auf dem Kiesweg eingeholt.

„Bitte entschuldigen Sie."

Die beiden blieben stehen und drehten sich zu ihr um. Tränen liefen der jungen Frau über die Wangen, ihre Nase war ganz rot vor Kälte und vom vielen Schnäuzen.

„Mein Beileid zum Tod Ihrer Chefin."

Charlotte gab der Trauernden die Hand. Diese schaute sie etwas verstört an.

„Aber Marie war nicht meine Chefin", seufzte sie. „Wer sind Sie?"

„Mein Name ist Charlotte Kemburg. Meine Schwester und ich haben Marie gefunden."

„Ich heiße Ina Steinker und bin – nein, war", sie schluchzte, „war die Mitinhaberin vom ‚Törtchen'. Jetzt stehe ich damit ganz allein da."

Sie zog ein Taschentuch hervor und bedeckte ihre Augen. Ihre Mutter strich ihr tröstend über den Kopf.

23

Mitinhaberin also – das war Charlotte nicht bekannt gewesen. Sie war davon ausgegangen, dass Marie das Geschäft alleine geführt und eine angestellte Konditorin hatte. Doch das war kein Grund, ihren Entschluss, Maries Unfall zu untersuchen, aufzugeben, deshalb wagte sie den nächsten Schritt.

„Frau Steinker, ich würde mich gerne mit Ihnen in aller Ruhe unterhalten."

Sie kramte in der Handtasche und gab ihr eine Visitenkarte, von denen sie zum Glück ein paar eingesteckt hatte. Ina Steinker blinzelte, als sie sie las.

„Detektei? Aber was wollen Sie?"

„Ich war eine Schulkameradin von Marie und würde einfach gerne mit Ihnen reden."

Außerdem brauche ich jemanden, der mir eine Hochzeitstorte zaubert, dachte sie – schämte sich aber sofort bei diesem Gedanken.

„Würden Sie sich bitte bei mir melden, wenn Sie Zeit für mich haben und sich in der Lage dazu fühlen?"

Ina Steinker nickte und steckte die Karte ein.

„Auf Wiedersehen." Die zwei Frauen drehten sich um und gingen.

„Bis bald", entgegnete Charlotte und blickte ihnen nach, bis sie hinter der nächsten Wegbiegung verschwunden waren. Trotz der Kälte schlenderte sie langsam zu ihrem Auto zurück. Die wenigen Gäste der Trauerfeier hatten ihr keine neuen Erkenntnisse gebracht – bis auf Ina Steinker, die jetzt überraschenderweise alleinige Inhaberin des ‚Törtchens' wurde.

Die drei Paare waren bestimmt Stammgäste der Konditorei, vermutete Charlotte. Die Studenten wirkten – aus ihrer Sicht – nicht sonderlich traurig darüber, dass ihre Chefin gestorben war. Den Mann mit den roten Haaren dagegen

24

konnte sie einfach nicht einordnen. Was er mit Marie zu tun hatte, würde sie aber noch herausfinden. Hauptsache, Ina Steinker meldete sich bei ihr. Ohne ihre Unterstützung hätten Ermittlungen in Maries Fall keinen Sinn. Und ohne sie, die das ‚Törtchen‘ hoffentlich weiterführte, müsste sie sich eine andere Konditorei suchen – aber das war erst mal nur ein Nebenschauplatz.

Charlotte stieg ins Auto und fuhr den kurzen Weg zur Detektei Phönix. Das beklemmende Gefühl, das an den Umständen von Maries Tod etwas nicht stimmte, wollte sie nicht loslassen.

Kapitel 4

Als sie die Detektei Phönix betrat, war sie, wie bei ihren Besuchen zuvor, begeistert von der schlichten Eleganz und der wohligen Atmosphäre, die die Einrichtung erzeugte. Nach dem Abschluss ihres ersten Falls war sie lange nicht hier gewesen.

Frau Strasser saß am Empfang und lächelte sie freundlich an.

„Hallo Frau Kemburg. Sie sind ein bisschen zu früh dran. Würden Sie bitte kurz Platz nehmen? Möchten Sie etwas trinken?", fragte sie.

„Hallo Frau Strasser! Nein, danke, ich brauche nichts, sehr lieb von Ihnen."

Charlotte setzte sich. Nur wenige Minuten später trat Jochen Räsner, Charlottes Chef und Inhaber der Detektei, aus seinem Büro und verabschiedete sich von einem Mandanten. Als er Charlotte erblickte, ging er auf sie zu.

„Hallo Charlotte. Wie geht's dir? Komm rein."

„Hallo Jochen. Danke der Nachfrage, alles bestens."

Er bat sie in sein Büro und sie setzten sich in die gemütlichen Clubsessel.

„Du siehst irgendwie ganz verfroren aus. Kann ich dir etwas zu trinken anbieten?"

Er ging zu der Schrankwand und öffnete eine der großen Türen.

„Wow", entfuhr es Charlotte, „das nenne ich mal eine Hausbar."

Jochen lächelte. Die rückseitige Innenwand des Schranks bestand von der Decke bis zum Boden aus einem großen Spiegel. Davor waren Regalböden aus Glas angebracht, auf denen diverse Spirituosen und verschiedene Gläser standen. Ganz unten war ein Kühlschrank eingebaut.

„Du glaubst nicht, wie gut ein kleiner Schluck das Gemüt einer betrogenen Ehefrau oder eines gehörnten Ehemanns beruhigen kann. Also, Cognac? Whiskey? Gin Tonic?"

„Hättest du auch einen Schnaps da? Ich bin zwar mit dem Auto hier, aber so ein kleines Schlückchen täte mir schon gut."

„Ein Schnaps soll es sein." Jochen Räsner schmunzelte. „Lass mich mal schauen."

Er holte eine große Flasche aus dem Kühlschrank und sah sich das Etikett an.

„Kräuterwacholder?"

„Perfekt", lächelte Charlotte.

Nach dem kleinen Schluck wich die Kälte langsam aus Charlottes Körper. Sie entspannte sich und war bereit, Jochen Räsner ihr Anliegen vorzustellen.

Sie berichtete alles: von der Begeisterung, ihre Hochzeitstorte von einer ehemaligen Schulkameradin kreieren zu lassen – von der Autofahrt mit ihrer Schwester zur Konditorei – über den Fund von Marie Bürmers Leiche einschließlich einer detaillierten Beschreibung des Fundortes und ihrer Rückschlüsse daraus – über ihre Enttäuschung, dass die Polizei keine Ermittlungen anstellte – bis zum heutigen Urnenbegräbnis.

Jochen Räsner hörte aufmerksam zu und stellte hier und da gezielte Fragen.

„So eine Perfektionistin wie Marie, die stürzt doch nicht unglücklich in einer Lache aus Speiseöl in ihrer eigenen Backstube und stirbt! Ohne Fremdeinwirkung? Das kann ich nicht glauben", endete Charlotte.

„Nun, die Polizei offensichtlich schon." Jochen Räsner lehnte sich zurück und schaute sie erwartungsvoll an. Als Charlotte nichts entgegnete, fragte er neugierig: „Was genau hat das mit der Detektei Phönix zu tun?"

Charlotte rutschte im Sessel hin und her. Jetzt kam der etwas unangenehme Part.

„Ja, also: Ich möchte die Aufklärung der Ursache für Marie Bürmers Tod gerne zu meinem nächsten Fall machen."

„Du vermutest also, dass es kein Unglück war? Dann sprechen wir hier von Mord?"

„Genau." Sie atmete tief aus.

„Und du möchtest dich selbst als Ermittlerin beauftragen?"

„Richtig."

„Auftraggeberin und Detektivin in einer Person?"

„Ja."

„Wieso? Du könntest doch auch als Privatperson Erkundungen einholen."

„Schon, aber ich möchte mich mit jemandem vom Fach austauschen. Wenn ich nicht mehr weiterweiß, würde ich gerne mit dir darüber sprechen können. Und sollte ich technische Unterstützung – in welcher Form auch immer – benötigen, wäre es schön, wenn ich ebenfalls auf deine Hilfe zählen könnte."

„Ich verstehe." Er nickte nachdenklich.

„Wenn das o.k. für dich wäre, alles ohne Bezahlung. Weder zahle ich als Auftraggeberin, noch erhalte ich ein Gehalt als Ermittlerin."

„Mmh, mmh." Jochen Räsner schaute sie intensiv an. Er nickte, als er seine Entscheidung getroffen hatte. „Gut. Wir können das so machen. Aber Charlotte, bitte versprich mir: Sollte sich deine Vermutung erhärten, teile es mir sofort mit. Bei deinem letzten Fall habe ich dich als Neuling in dem Metier viel zu weit alleine gehen lassen. Und das, obwohl ich relativ schnell ein ungutes Gefühl hatte. Das tut mir immer noch sehr leid. Halte mich auf dem Laufenden, ja? Sollte es brenzlig werden, bekommst du Unterstützung. Sind wir uns einig?"

28

Charlotte fiel ein Stein vom Herzen. Sie nahm Jochen Räsners entgegengestreckte Hand und schüttelte sie.

„Ja, das sind wir."

„Und dein Zukünftiger weiß über dein Ermittler-Dasein nun Bescheid?", fragte er grinsend, sodass Charlottes Anspannung endgültig von ihr abfiel.

„Alexander weiß alles", antwortete sie nickend.

„Das ist gut und wichtig für euch beide. Werde ich eigentlich auch zu eurer Hochzeit eingeladen?"

„Aber selbstverständlich", beteuerte sie und lächelte ihn an.

Sie trank etwas Wasser, das Jochen Räsner ihr hingestellt hatte. „Ich habe noch eine ganz andere Frage."

„Nur raus damit."

„Wieso trägt die Detektei eigentlich den Namen Phönix? Und nicht Räsner oder so?"

Er stand auf, ging zur Bar und goss sich einen Whiskey ein. Nachdem er sich gesetzt hatte, fuhr er sich mit einer Hand durch seine braunen Haare, nahm einen Schluck und begann zu erzählen.

„Nun, mein Leben verlief lange Zeit nicht so gerade und entspannt, wie es heute den Anschein hat. Ich möchte gar nicht ins Detail gehen. Bevor ich die Detektei gegründet habe, war ich in einige heftige Sachen verwickelt, häufig am Rande der Legalität."

Charlotte schaute ihn überrascht an.

„Warst du etwa ein Spion?" Ihre Augen wurden immer größer.

„Nein, nein." Er schüttelte den Kopf. „Nicht ganz." Als er die letzten beiden Worte aussprach, war sein Gesichtsausdruck sehr ernst.

Charlotte spürte, dass er nicht weiter darüber sprechen wollte. Locker sagte sie: „Du bist also verbrannt und dann wie Phönix aus der Asche aufgestiegen."

„Ja, genau das war mein Gedanke bei der Namenswahl. Es sollte für mich ein absoluter Neuanfang sein. Und das hat zum Glück bislang gut funktioniert. Ich bin zufrieden mit meinem Leben, meiner Arbeit und dem Team, das ich zusammenstellen konnte."

Er atmete tief aus, legte die Fingerspitzen aneinander und schaute sie nachdenklich an.

„Irgendwann wirst du die werten Kollegen auch noch kennenlernen."

Die beiden plauderten noch etwas über die anstehende Hochzeit, bevor Charlotte motiviert die Detektei verließ.

Kapitel 5

Eine Woche später saß Charlotte im Schlafanzug mit einer Tasse Tee in der Küche und blickte nach draußen in den nebeligen Morgen.

Zum Glück hatte sich Jule relativ schnell von dem Moment, als sie Maries Leiche entdeckt hatte, erholt. Sie hatten viel gemeinsam unternommen und darüber gesprochen. Zwischendurch musste Charlotte natürlich ab und an die Studentin mimen, um unnötige Fragen zu vermeiden. Deswegen bummelte sie die Vormittage meist zu Hause in ihrer Villa Kunterbunt herum. Das Highlight dieser Schlechtwettertage war es, wenn Alexander einigermaßen pünktlich von der Arbeit nach Hause kam.

Mitten in ihre verschlafene Betrachtung des Wintergartens klingelte das Handy. Vor Schreck verschüttete sie etwas Tee. Schnell schnappte sie sich ihr Smartphone von der Küchenanrichte.

„Kemburg."

„Hallo. Hier ist Ina Steinker", hörte sie eine leise Stimme am anderen Ende.

„Hallo Frau Steinker. Schön, dass Sie sich melden."

„Ja." Kurze Pause. „Dass Sie mir Ihre Visitenkarte gegeben haben, hat mich doch stark aufgewühlt. Daher wollte ich gerne ein Treffen vorschlagen. Den freien Nachmittag in der Woche gibt es beim ‚Törtchen' weiterhin. Hätten Sie nächste Woche Zeit?"

„Hat die Konditorei denn wieder geöffnet?", fragte Charlotte überrascht.

„Das hat sie. Von irgendetwas muss ich ja leben. Und die Miete fürs ‚Törtchen' will auch bezahlt werden."

„Da haben Sie recht. Klar können wir uns treffen. Wann und wo?"

„16 Uhr bei mir im Café? Sie klopfen einfach vorne an die Scheibe."

„So machen wir das. Danke für Ihren Anruf."

„Bis nächste Woche."

Charlotte legte auf und schaute wieder aus dem Fenster. Natürlich hatte sie über ihre ehemalige Schulkollegin Informationen im Internet gesucht. Über das Privatleben von Marie Bürmer ließ sich allerdings nichts herausfinden, über ihren beruflichen Werdegang dafür umso mehr.

Marie war erfolgreich gewesen, so viel stand fest. Ehrgeizig und zielstrebig hatte sie eine beachtliche Anzahl an Konditor-Wettbewerben gewonnen – man konnte fast sagen, dominiert –, außerdem hatte sie zahlreiche Auszeichnungen erhalten. Sie war ein kleiner Star in der Konditoren-Szene.

Charlotte konnte sich an die Marie aus ihren Kindheitstagen gar nicht mehr richtig erinnern. Damals hatten sie nur wenig Kontakt gehabt. Sie war gespannt, was ihre Geschäftspartnerin über sie zu berichten hatte. Charlotte hoffte inständig, dass Ina Steinker ihr zustimmen würde, dass die Umstände von Maries Tod unter die Lupe genommen werden mussten. Bis zu dem Treffen wollte sie eine Strategie entwickeln, mit der sie die Konditorin von ihrem Ermittlungsplan zu überzeugen hoffte.

Kapitel 6

In der Nacht hatte es leicht geschneit. Eine dünne Schnee-
decke überzog Bäume und Sträucher, Rasenflächen und
Autos wie eine Schicht aus Puderzucker. Der Gehweg und
die Straßen waren am frühen Morgen geräumt worden. Die
Abenddämmerung ließ sich schon erahnen. Nicht mehr
lange, und das Licht der Straßenlaternen würde den Schnee
zum Leuchten bringen.

An diesem Tag war vor dem ‚Törtchen' kein Parkplatz frei
gewesen, sodass Charlotte ein Stück laufen musste. Sie war
froh über den kurzen Weg zu Fuß und auch darüber, dass
Frau Steinker sie gebeten hatte, durch den Caféeingang he-
reinzukommen. Die Bilder ihres letzten Besuchs zogen zu
oft vor ihrem inneren Auge vorbei. Den schmalen Gang zur
Backstube war sie in Gedanken viele Male hinuntergerannt.
Am Ende stand immer der Anblick von Maries totem Körper und der Blutlache, in der ihr Kopf lag.

Als sie vor dem ‚Törtchen' stand, zog sie die Handschuhe
aus, ging die zwei Stufen hoch und klopfte gegen die
Glastür, in der, wie beim letzten Mal, das Schild mit der
Aufschrift „Geschlossen" hing. Einen kurzen Moment später kam Ina Steinker aus der Backstube und schritt auf die
Tür zu. Sie trug einen kurzen Jeansrock, eine bunte Woll-
strumpfhose und einen schwarzen, dicken Rollkragenpul-
lover. Ohne die dicke Winterjacke, die sie zur Beerdigung
getragen hatte, wirkte sie noch zerbrechlicher, stellte Charlotte fest. Begleitet von einem angenehmen hellen Klingeln
ging die Tür auf.

„Hallo Frau Kemburg. Kommen Sie herein."

Nach einer kurzen Begrüßung vor der Auslagentheke setzten sie sich in die hinterste Ecke des Cafés. Hier gab es
Wandleuchten, die ein angenehmes Licht spendeten. Im

33

Café war es wohlig warm. Charlotte hatte ihre Jacke ausgezogen und über die Stuhllehne gehängt.

„Ach, wie unhöflich von mir. Ich habe Sie gar nicht gefragt, ob Sie etwas trinken möchten. Kann ich Ihnen einen Kaffee anbieten? Ich habe mir gerade selbst einen gemacht."

„Sehr gerne", antwortete Charlotte.

Ina Steinker verschwand in die Backstube. Charlotte nutzte die Gelegenheit und schaute sich interessiert im Café um. Es war schlicht, einfach und gemütlich eingerichtet. An den Wänden hingen nur wenige Bilder. Auf ihnen gab es wunderschön aussehende Torten und andere Köstlichkeiten zu entdecken. Es war ganz offensichtlich, welche Spezialitäten in diesem Café im Mittelpunkt standen.

Mit zwei Tassen dampfendem Kaffee kam die Konditorin zurück und nahm gegenüber von Charlotte Platz. Keine der beiden sagte etwas. Charlotte empfand diesen Moment der Stille aber nicht als unangenehm. Vielmehr schienen sie beide ihn zu nutzen, um die Gedanken zu ordnen. Ina Steinker durchbrach das Schweigen als Erste.

„Frau Kemburg, ich frage ganz direkt: Was wollen Sie? Warum haben Sie mir eine Visitenkarte der Detektei Phönix gegeben und mich gebeten, Sie zu kontaktieren? Wie gut kannten Sie Marie überhaupt?"

Es fiel ihr hörbar schwer, den Namen ihrer Geschäftspartnerin auszusprechen, große Traurigkeit lag in ihrer Stimme. Gleichzeitig nahm Charlotte auch Skepsis und Distanziertheit gegenüber ihrer Person wahr, was sie vollkommen verstehen konnte. Jetzt war es also an ihr, ihre Argumentation und ihren Plan zu verkaufen.

„Frau Steinker, bevor ich Ihnen mehr zu mir und meinen Beweggründen erzähle, habe ich eine Bitte. Es kommt Ihnen sicher ungewöhnlich vor, aber ich möchte Sie bitten, meine Frage, die ich Ihnen gleich stelle, spontan, direkt und aus dem Bauch heraus zu beantworten. Danach können wir in die Details gehen."

Ina Steinker schaute sie noch misstrauischer an, dennoch nickte sie.

„Glauben Sie an einen unglücklichen Zufall, der dazu geführt hat, dass Marie Speiseöl verschüttet hat und darauf ausgerutscht ist?"

„Nein." Die Antwort kam schnell, offenbar ohne dass sie darüber nachdenken musste. Ein weiterer Moment der Stille folgte. „Aber die Polizei hat es mir genau so mitgeteilt. Und in der Trauer habe ich alle meine Zweifel an der Darstellung beiseitegeschoben." Tränen traten ihr in die Augen, aber sie sprach weiter. „Ich muss gestehen, dass ich zu große Angst vor der Alternative zu dieser Version der Geschichte habe."

Charlotte ergriff das Wort. Jetzt war es Zeit für ihren Plan, nachdem also auch Frau Steinker Zweifel hatte, dass die Version der Polizei stimmig war.

„Marie und ich haben dieselbe Klasse in der Grundschule besucht. Wir waren nicht eng befreundet, sondern einfach Klassenkameradinnen. Das letzte Mal habe ich sie vor etwa einem Jahr gesehen, als ich mit meinen Schwestern eine Torte für den Geburtstag unseres Vaters abgeholt habe. Ich kannte sie also nicht besonders gut. Aber wenn ich bei den seltenen Treffen eines festgestellt habe, dann, dass sie in ihrem Job ein absoluter Profi war."

Ina Steinker schluckte hörbar und trank anschließend etwas Kaffee.

„Ja, das war sie. Professionell, ehrgeizig und streng – nicht nur anderen gegenüber, sondern besonders zu sich selbst. Das alles mit einem großen Herz."

Tränen liefen ihr übers Gesicht, die sie mit dem Ärmel wegwischte.

35

„Und so einer Perfektionistin soll so ein Unglück passiert sein?"

Energisch schüttelte die Konditorin den Kopf.

„Das kann ich auch nicht glauben", unterstützte Charlotte sie.

„Aber ..." Ina Steinker versagte die Stimme. Sie schaute auf ihre im Schoß gefalteten Hände.

„Beängstigend, aber wir reden dann von Mord", übernahm Charlotte.

Ihre Gesprächspartnerin zuckte bei dem letzten Wort zusammen. Langsam hob sie den Kopf und schaute ihr in die Augen.

„Wer um alles in der Welt hätte sie töten wollen?", flüsterte sie flehentlich. „Hatten Sie an dem Tag, als Sie mit Ihrer Schwester hier waren und sie gefunden haben, schon diesen Gedanken? Haben Sie mir deswegen bei der Beerdigung Ihre Visitenkarte gegeben?"

„Ja, so ist es."

„Eine Detektivin sind Sie? Ich werde Sie auf keinen Fall beauftragen. Dafür habe ich gar kein Geld."

„Das brauchen Sie auch nicht."

„Ich verstehe nicht."

Charlotte erklärte, dass sie sich zu ihrer bald anstehenden Hochzeit gewünscht hatte, dass ihre ehemalige Schulkollegin ihr eine besondere Hochzeitstorte backen sollte. Nachdem dieses schreckliche Ereignis eingetreten war, ließ sie der Gedanke nicht los, dass es sich nicht einfach um einen Unfall handelte. Deshalb fühlte sie sich verpflichtet, alle Möglichkeiten, die sie aufgrund ihres Jobs hatte, auszuschöpfen und die Todesumstände aufzuklären. Ina Steinker schaute sie weiterhin skeptisch an.

„Aber, wenn Sie von Beruf Detektivin sind, dann verdienen Sie damit doch Ihren Lebensunterhalt?"

Etwas verlegen entgegnete Charlotte: „Der ist auf anderem Weg vollkommen abgesichert. Vertrauen Sie mir."

„Aha."

„Mit meinem Chef habe ich das bereits abgesprochen. Sämtliche technische und sonstige Hilfsmittel der Detektei stehen mir zur Verfügung."

„Mmh. Und was wollen Sie von mir?"

„Nun", fing Charlotte an und überlegte, wie sie es formulieren sollte. „Ich wünsche mir zum einen, dass Sie diesen Weg mit mir gemeinsam gehen, um Marie Gerechtigkeit widerfahren zu lassen. Zum anderen benötige ich Ihre Unterstützung, um in Maries Umfeld eintauchen zu können. Ohne diese beiden Voraussetzungen möchte und brauche ich gar nicht anfangen. Was meinen Sie?"

Ina Steinker schaute ihr lange in die Augen, bevor sie sich äußerte.

„Sie meinen das ernst?"

„Ja." Charlottes Anspannung stieg.

„Dann ... dann machen wir das gemeinsam."

Sie reichte Charlotte die Hand.

„Ich heiße Ina."

„Lotta." Sie lächelte vorsichtig. „Deine Entscheidung freut mich sehr."

„So wie Marie für mich alles getan hätte, mache ich es auch für sie."

Beide nahmen einen großen Schluck Kaffee.

„Hast du noch etwas Zeit? Und wärst du bereit, tiefer einzusteigen?"

Die Konditorin schloss die Augen und lehnte sich einen Moment zurück. Dann schaute sie Charlotte an.

„Ja, in Ordnung."

„Gut." Lotta holte ihr Notizbuch hervor. „Eine sehr wichtige Frage vorweg lautet: Weiß irgendjemand außer der

37

Polizei, dir und mir, dass Speiseöl auf dem Boden ausgelaufen war?"

„Nicht, dass ich wüsste. Ich habe gegenüber anderen immer nur von einem Unfall gesprochen."

„Dann sollten wir das auf jeden Fall dabei belassen und für uns behalten."

„O.k., ich verstehe."

„Es mag ein bisschen klischeehaft klingen, aber: hatte Marie Feinde?"

„Feinde? Feinde würde ich nicht direkt sagen. Aber Neider. Neider definitiv. Erfolg bringt immer so etwas mit sich. Namen könnte ich dir spontan allerdings keine nennen."

„Kannst du mir irgendetwas zu den Besuchern der Trauerfeier sagen?"

„An den Tag kann ich mich nicht mehr genau erinnern, muss ich gestehen." Sie zog ihre Ärmel lang und über ihre Hände.

Charlotte schaute in ihr Notizbuch und fasste zusammen: „Es waren drei Paare dort, ein paar jüngere Leute und ein rothaariger Mann."

„Das waren zum einen unsere Servicekräfte, die drei Pärchen sind Stammgäste im Café. Und der Rothaarige ist Henry, ebenfalls Stammgast und ein kleiner Stalker."

Charlotte horchte auf.

„Wie meinst du das?"

„Er war einfach total verrückt nach Marie und ihren süßen Kreationen. Ein sonderbarer Typ."

Charlotte erkannte die Situation und machte Ina Steinker einen Vorschlag, den sie sich vorher gut überlegt hatte.

„Wie wäre es, wenn ich als Aushilfskraft hier im Café arbeiten würde? Dann könnte ich innerhalb kürzester Zeit höchstwahrscheinlich so viel erfahren wie auf keinem anderen Weg. Ohne Bezahlung, versteht sich."

„Das würdest du machen? Klasse. Natürlich geht das. Du kannst kommen und gehen, wie du möchtest."

Diese prompte Antwort überraschte Charlotte. Ina Steinker lächelte das erste Mal, seit sie zusammensaßen. Es war ein verschmitztes, sympathisches Lächeln.

Die Konditorin fuhr fort: „Und ich hätte sogar noch eine weitere Idee, die allerdings ein bisschen mehr von dir fordern würde."

„Ich bin zu allem bereit. Erzähl", forderte Charlotte sie neugierig auf.

„In gut sechs Wochen startet die ,Backfein'. Marie hatte sich angemeldet und ich wusste bislang nicht, was ich mit unserem Messestand machen soll. Jetzt weiß ich es: Ich nehme dich einfach mit, wenn du Spaß daran hast."

„Und was ist die ,Backfein'?"

Ina Steinker berichtete, dass es eine Messe war, deren krönender Abschluss ein Konditorenwettbewerb bildete, den Marie in den letzten beiden Jahren gewonnen hatte. Das Fachpublikum und interessierte Laien konnten auf der Messe von Samstag bis Donnerstag alles rund um die Themen Bäckerei, Konditorei und Patisserie erfahren und – viel wichtiger – vieles probieren.

Freitag und Samstag würde dann gebacken, was die Öfen hergaben. Und Sonntag stand die Siegerehrung auf dem Programm. Das alles fand hier in Münster in der großen Messehalle statt. Und wenn Ina das ,Törtchen' dort präsentieren wollte, bräuchte sie unbedingt zuverlässige Unterstützung. Spontan sagte Charlotte zu.

Von der ,Backfein' kamen sie auf die Konditorenausbildung zu sprechen. Ina erzählte, wie sie ihre Liebe zum Backen entdeckt hatte, was sie in der Backstube immer wieder begeisterte und wo ihr Beruf sie schon überall hingeführt hatte. Kaum hatte sie Brüssel erwähnt, geriet Charlotte ins

Schwärmen über die Köstlichkeiten, die sie bei einem Besuch in den belgischen Pralinenmanufakturen der Hauptstadt einmal probiert hatte. So verging die Zeit. Erstaunlich spät rutschte Charlotte mit ihrem Auto über die Straßen nach Hause.

Ina Steinker blieb noch lange hinter der Tür vom ‚Törtchen' stehen, nachdem sie Charlotte verabschiedet hatte. Es hatte wieder begonnen zu schneien. Sanft fielen die Schneeflocken vom Himmel.

Sie hatte nicht von ihrem fürchterlichen Streit mit Marie am Morgen ihres Todestages berichtet. So weit war sie noch nicht. Marie wollte einfach nicht zur Polizei gehen und diesen Stalker Henry anzeigen. Ina hatte für ihr Verhalten und ihre Entscheidungen in dieser Sache überhaupt kein Verständnis. Sie hatten sich so laut angeschrien, dass Jenny, eine ihrer Kellnerinnen, in die Backstube kam, um sie darauf hinzuweisen, dass man sie im Café hören würde.

Ina Steinker blinzelte die Tränen weg und schaute den Schneeflocken zu. Sie hoffte inniglich, dass Maries Weigerung, gegen den rothaarigen Freak vorzugehen, nichts mit ihrem Tod zu tun hatte. Und sie bedauerte von ganzem Herzen, dass sie nach dem Streit kein Wort mehr miteinander gesprochen hatten.

Kapitel 7

Alexander nahm sein Kopfkissen, stopfte es unter seinen Arm und stützte seinen Kopf mit einer Hand ab. Mit der freien Hand spielte er in Charlottes Haaren.

Als sie gestern Abend nach Hause kam, war sie nach einem kurzen Plausch mit ihm direkt zu Bett gegangen. Er hatte sofort gemerkt, dass sie etwas beschäftigte. Auch jetzt war sie mit den Gedanken ganz woanders, das spürte er.

„Was ist los, Liebling?" Er zog ein bisschen an ihren Haaren. „Worüber grübelst du?"

„Ich denke über meinen neuen Fall nach."

„Dein neuer Fall?", tat er überrascht.

„Ja", sagte sie. „Hast du etwa gedacht, ich könnte den Tod unserer Hochzeits-Konditorin einfach so akzeptieren?"

„Natürlich nicht. Das war mir schon am Abend des Unglücks klar, als du mir die Situation geschildert hast."

Er schmunzelte in sich hinein. Auf seine Lotta war Verlass.

„Was willst du unternehmen? Oder, wohl besser gefragt: Was hast du bereits unternommen und was planst du?"

„Erst einmal habe ich mit Jochen Räsner gesprochen und mir die Zusage geholt, dass die Detektei Phönix bei dem, was ich vorhabe, hinter mir steht und mir bei Bedarf unter die Arme greift."

Ihm fiel ein Stein vom Herzen. „Um ehrlich zu sein, beruhigt mich das sehr, dass du nicht komplett auf eigene Faust loslegst, wie bei deinem letzten Fall."

„Na ja, so ganz stimmt das nicht. Da ich gleichzeitig irgendwie Kundin und Ermittlerin der Detektei bin, muss ich mich schon melden, wenn ich Hilfe benötige."

Alexander schaute sie nicht gerade begeistert an.

„Aber", sagte sie schnell, „ich habe seit gestern eine andere Unterstützung."

„Ach ja? In welcher Form?", hakte er nach.

„Ina Steinker, Maries Mitinhaberin des ‚Törtchens' und jetzt alleinige Chefin, hat mich quasi eingestellt."

„Eingestellt? Als was?"

„Als Servicekraft."

Alexander lachte laut los. Charlotte schlug ihm sanft auf den Bauch.

„Wieso lachst du? Du weißt doch, dass ich während des Studiums häufiger einen Kellnerjob hatte." Sie musste selbst grinsen. „Ab sofort kann ich im ‚Törtchen' kommen und gehen, wie ich möchte, Kaffee, Kuchen, Cappuccino servieren und alles und jeden beobachten. Auf der Beerdigung war zum Beispiel ein Café-Stammgast anwesend, der ein bisschen merkwürdig rüberkam."

„Merkwürdig heißt ja nicht gleich, dass er ein Mörder ist."

„Natürlich nicht. Aber ich hoffe einfach, auf diesem Weg Hinweise zu bekommen. Und dann unterstütze ich Ina auf der ‚Backfein' – das ist eine Messe für Bäcker und Konditoren."

„Meine süße Messehostess." Er stupste mit seinem Zeigefinger an ihre Nase. „So sei es. Ich kann ja eh nichts dagegen tun. Nur eine Bitte loswerden: Sei vorsichtig, sollte sich dein Verdacht bewahrheiten."

Charlotte nickte brav.

„Wie geht es Jule eigentlich?"

„Sie hat sich ganz gut von dem Tag erholt. Sie möchte allerdings das ‚Törtchen' in der nächsten Zeit erst mal nicht mehr besuchen."

„Das kann ich verstehen", sagte er nachdenklich. „Ein anderes Thema: Was machen wir denn Schönes heute? Wofür habe ich mir einen Tag Urlaub genommen?"

„Wir haben einen Termin beim Floristen, um den Blumenschmuck für unsere Hochzeit auszusuchen."

„Die guten Blumen!" Theatralisch legte Alexander eine Hand auf seine Stirn. „Um wie viel Uhr gucken wir uns denn die Blümchen an?"

„Um elf Uhr."

„Dann haben wir ja noch Zeit", sagte er verschmitzt und rutschte tiefer unter die Bettdecke.

„Ja, die haben wir."

Charlotte beugte sich zu ihm, küsste ihn und zog die Bettdecke über ihre Köpfe.

Kapitel 8

Es war die Hiobsbotschaft des Tages. Er konnte es noch immer nicht glauben. Als er den Brief heute Vormittag geöffnet und ihn gelesen hatte, war er so zornig geworden, dass er mit voller Kraft gegen einen herumstehenden Eimer getreten hatte, der mit einem Knall gegen die Wand geflogen war. Seine Angestellten hatten ihn fragend angeschaut. Er hatte den Raum ohne ein Wort verlassen und draußen gierig nach Luft geschnappt. Der Tag war für ihn gelaufen. Sein heutiges Arbeitspensum würde er nur noch abspulen.

Nach dreizehn Stunden auf den Beinen saß er nun erschöpft in seinem winzigen Büro, das er sich auf dem Dachboden spärlich eingerichtet hatte, und starrte auf den Brief in seiner Hand. Mit der anderen strich er durch seinen langsam grau werdenden Bart.
Wie konnte das sein? Er las die Zeilen wieder und wieder. Die Organisatoren hatten mitgeteilt, welche Konditoreien an dem Wettbewerb der ‚Backfein' teilnehmen würden. Ihm war kurz schwindelig geworden, als er gelesen hatte, dass das ‚Törtchen' auch zugelassen war. Wie war das möglich?
Er schloss die Augen. Hatte er nicht alles – wirklich alles – getan, damit dies nicht passierte?
Als er vor ein paar Jahren gehört hatte, dass in der Altstadt eine junge Kollegin ihre Konditorei mit kleinem Café- und Verkaufsbereich eröffnet hatte, hatte er nur müde mit den Schultern gezuckt.
Für ihn stand fest: Er war in Münster und über die Grenzen hinaus der Platzhirsch, was den gehobenen und hochpreisigen Sektor der Konditorenkunst betraf. Sein Geschäft war vom Mobiliar und der Ausstattung natürlich schon etwas in

die Jahre gekommen. Er hatte es schließlich kurz nach seiner Meisterprüfung eröffnet – und mittlerweile war er Mitte vierzig. Seine Kunden störte die Einrichtung überhaupt nicht. Er hatte immer Stammgäste und Laufkundschaft im Café, lieferte fantastische Torten zu den exklusivsten Hochzeiten, hatte seine festen Werbeplätze in Stadtmagazinen & Co. und viele regionale und überregionale Wettbewerbe gewonnen. Sein Arbeitseinsatz und seine Leidenschaft für den Beruf hatten dafür gesorgt, dass seine Familie gut leben konnte.

Und dann kam Marie Bürmer vor circa fünf Jahren mit ihrem ,Törtchen'. Was für ein lächerlicher Name für eine Konditorei. Sie war von Anfang an ehrgeizig, laut und kreativ. Viel zu spät hatte er festgestellt, dass dieses junge Ding den Zeitgeist getroffen hatte. Die Eröffnung des ,Törtchens' wurde groß gefeiert. Angekündigt mit Flyern, die auch bei ihm angekommen waren, berichteten Zeitungen, das Radio und sogar das Fernsehen von der neuen In-Konditorei. Innerhalb kürzester Zeit hatte sie es geschafft, dass dort, wo sonst sein Name in der Öffentlichkeit prangte, plötzlich ihrer auftauchte. Er wusste nicht, wie ihr das gelungen war. Die Anzahl seiner Stammgäste nahm nach und nach ab. Auch die Auftragsbücher mit den Bestellungen für Torten füllten sich nicht mehr.

An dem Tag, an dem dieser Schnösel Karl Theodor zu Wolfsberg an seiner Tür klopfte und ihm ein Angebot zur Übernahme der Konditorei machte, schlugen bei ihm endgültig die Alarmglocken. Niemals würde er sein Werk verkaufen. Niemals.

Die diesjährige ,Backfein' und insbesondere den Wettbewerb sah er als seine Chance, etwas an Boden zurückzugewinnen. Er wollte seinen Namen, seine Konditorei wieder in das Bewusstsein der Leute zurückbringen, etwas von

45

dem alten Glanz zurückgewinnen. Die Plätze in seinem Café sollten jeden Nachmittag voll belegt sein, die Tortenbestellungen wöchentlich steigen und seine Angestellten nicht ständig unbezahlten Urlaub nehmen müssen. Deswegen hatte er dafür gesorgt, dass Marie Bürmer und das ‚Törtchen' erst gar nicht als Konkurrenz vor Ort sein würden. Das hatte er zumindest geglaubt.

Er öffnete die Augen und schaute wieder auf das Schreiben. Ina Steinker war als Inhaberin des ‚Törtchens' aufgeführt. Wer in aller Welt war Ina Steinker? Den Namen hatte er noch nie gehört.

Trotz seiner bisherigen Aktivitäten war er also noch nicht am Ziel angekommen. Er konnte es nicht glauben. Was sollte er denn noch machen? Zynisch lachte er in sich hinein. Wenn es eine Option für ihn nicht gab, dann die des Aufgebens. Er würde sich schon etwas einfallen lassen.

„Papa! Papa!", rief sein Sohn die Treppe hoch, „kommst du runter zum Abendessen?"

Er faltete den Brief zusammen und steckte ihn sorgfältig zurück in den Umschlag.

„Ich komme gleich, Kai!"

Müde stand er auf. Das Schauspiel, das er seiner Familie nun schon seit über einem Jahr bot, musste endlich aufhören. Gar nichts war in Ordnung. Die ganze Situation wurde für ihn immer unerträglicher.

Er ging die Treppe hinunter und betrat die Küche. Die drei Kinder saßen schon an ihren üblichen Plätzen. Kai, der Älteste, würde im nächsten Jahr seine Lehre bei ihm beginnen. Er war vollkommen begeistert von dem Beruf des Vaters. Erik und die Kleinste, Sophia, hatten noch ein paar Schuljahre vor sich. Liebevoll schaute er sich das fröhliche Miteinander der Kinder an. Seine Frau stellte gerade einen großen Topf mit Spaghetti Bolognese auf den Tisch. Jubel brach aus.

Sie gab ihm einen Kuss und fragte: „Wie war dein Tag?"

„Wie immer. Viel Arbeit, wenig Pausen."

Seine Wut und Verzweiflung hatte er offenbar gut überspielt, da keine weiteren Nachfragen folgten. Sie setzten sich und aßen. Hubertus blickte in die Runde; sein Herz ging auf.

Auf keinen Fall würde er sich das nehmen lassen – weder durch das ‚Törtchen' noch durch sonst irgendwen oder irgendwas.

Kapitel 9

Charlotte hatte sich den darauffolgenden Montag ausgesucht, um im ‚Törtchen' als Kellnerin zu starten. Tief unter ihrem Zwiebel-Look trug sie ein schwarzes T-Shirt, in dem sie durch das Café flitzen würde. Außerdem hatte sie sich besonders bequeme Sneakers angezogen.

Beschwingt öffnete sie gegen elf Uhr die Tür des ‚Törtchens' und trat ein. Sie blickte sich um. Es war nicht viel los. An einem Tisch saß ein Pärchen, das Händchen hielt und sich tief in die Augen blickte. Außerdem war noch ein älterer Mann da, mit einer Kaffeetasse vor sich und einer Zeitung in der Hand. Hinter der Theke stand eine junge Frau mit langen blonden Haaren, die sie zu einem Pferdeschwanz zusammengebunden hatte, damit beschäftigt, die Kaffeemaschine zu reinigen. Sie hatte sich nur kurz umgedreht, als sie die Türglocke hatte läuten hören. Wahrscheinlich dachte sie, dass sie ein Gast sei, der gleich Platz nehmen würde.

Charlotte räusperte sich. „Hallo!"

„Hallo!" Die junge Frau drehte sich mit dem Trockentuch in der Hand um.

„Mein Name ist Lotta. Ich bin die Neue."

„Ah! Hi, ich bin Jenny."

Sie gaben sich die Hände.

„Ina hat angekündigt, dass du kommen würdest. Freut mich. Hast du schon mal gekellnert?"

„Ja, ein bisschen. Ist aber schon eine Weile her."

„Na, dann komm erst mal mit nach hinten. Ist ja gerade sehr ruhig hier. Ich zeige dir, wo du deine Sachen lassen kannst, und dann alles andere", sagte Jenny lächelnd.

Charlotte stellte schnell fest, dass die Kollegin eine liebenswerte Plaudertasche war. Neben eher knappen Erklärungen zur Kuchentheke, Kaffeemaschine, der Kasse und den allgemeinen Abläufen widmete sie sich in gedämpften Ton intensiv dem Umstand, wie fürchterlich es doch sei, dass ihre ach so knallharte Chefin plötzlich gestorben war. Aufmerksam lauschte Charlotte.

Zwischendurch blickte Jenny sich kurz um und fuhr noch leiser fort, dass es ausgerechnet am Morgen des Todestags einen heftigen Streit zwischen Marie und Ina gegeben habe. Sie hatten sich so laut gestritten, dass ihre Stimmen im Café zu hören waren. Die Gäste waren immer stiller und verlegen geworden. Ihr war nichts anderes übrig geblieben, als in die Backstube zu gehen und Marie und Ina um Ruhe zu bitten. Worum es genau ging, hatte sie nicht mitbekommen. Ina hatte Marie aber mehrfach aufgefordert, zur Polizei zu gehen.

„Das war ein ganz merkwürdiger Morgen. So habe ich die beiden noch nie erlebt." Sie ließ den Blick durchs Café schweifen. „Immerhin waren sie dann ruhig, nachdem ich sie an die Gäste erinnert hatte. Wenn ich es mir recht überlege, war es das letzte Mal, dass ich Marie gesehen habe. Krass."

Jenny schüttelte den Kopf und wechselte das Thema. Charlotte würde das gerade Gehörte nicht so schnell vergessen. Es irritierte sie, dass Ina mit keinem Wort die Unstimmigkeit erwähnt hatte. An dem Abend im ‚Törtchen' hatte sie den Eindruck gehabt, dass sie sich sympathisch waren und eine Vertrauensbasis geschaffen hatten. Nun musste sie herausfinden, ob die Konditorin etwas mit dem Tod ihrer Chefin zu tun hatte. Das gefiel ihr nicht.

Jenny war mittlerweile bei den anwesenden Gästen und ihren Lebensgeschichten – soweit bekannt – gelandet. Außerdem erfuhr Charlotte, dass Jenny zusammen mit Mia, Paul, Heike und Oskar das aktuelle Serviceteam bildete. Und dann ging es los. Charlotte gab ihr Bestes, um Jenny nach Kräften zu unterstützen. Ihr war doch etwas unbehaglich zumute, an dem Ort zu arbeiten, an dem sie vor nicht allzu langer Zeit Maries Leiche gefunden hatte. Aber genau das war ja der Grund, warum sie hier war.

Ina schaute auf einen Sprung im Café vorbei, begrüßte Charlotte als neue Servicekraft und verschwand in der Backstube.

Um 14 Uhr gesellte sich Paul zu ihnen. Danach wurde es richtig voll, sowohl an den Tischen als auch im Handverkauf an der Theke. Viele Leute kamen mit vom Wind zerzausten Haaren und nassen Jacken herein und freuten sich über die angenehme Wärme im Café.

Als sie am Abend die Eingangstür verschlossen, durchgewischt und aufgeräumt hatten, sprachen sie den Dienstplan ab, um Charlotte sinnvoll miteinzubeziehen. Sie verließen den Laden durch die Backstube, in der Ina immer noch schwer beschäftigt war, und verabschiedeten sich voneinander.

Trotz der bequemen Schuhe spürte Charlotte eine extreme Schwere in Füßen und Beinen. Sie lenkte ihr Auto auf kürzestem Weg nach Hause. Was für ein Tag! Zur Erschöpfung gesellten sich Zufriedenheit und Freude. Sie hatte ihren ersten Auftritt nicht schlecht gemeistert, fand sie. In die Abläufe war sie gut hineingekommen, selbst die Bedienung der Kasse hatte sie einigermaßen schnell verstanden. Von Ermittlungen konnte man natürlich noch nicht sprechen. Mit denen würde sie beginnen, sobald sie richtig im Job war.

Als sie zu Hause ankam, ließ sie sich müde aufs Sofa fallen und schlief prompt ein.

„Lotta, Lotta …"

50

Jemand streichelte ihr sanft über die Wange und flüsterte ihren Namen.

Ganz langsam wurde sie wach.

„Was? Wie spät ist es?", murmelte sie. Blinzelnd öffnete sie die Augen und schaute in Alexanders belustigtes Gesicht.

„Es ist schon nach elf. Komm, lass uns zu Bett gehen. Ich kann dich nicht in Jeans und T-Shirt auf dem Sofa liegen lassen."

Behutsam half er ihr, sich hinzusetzen, legte eine Decke um sie und führte sie nach oben ins Schlafzimmer. Charlotte gähnte.

„Oh Mann, ich muss direkt eingeschlafen sein, als ich zu Hause war. Ich wusste gar nicht mehr, wie körperlich anstrengend so ein Job ist."

Sie zog ihren Schlafanzug an und kuschelte sich ins Bett. Alexander gar ihr einen Kuss, woraufhin sie murmelte, wie froh sie sei, dass sie eine Putzhilfe für die Villa Kunterbunt gefunden hatten. Dann müssten sie sich darum immerhin nicht mehr kümmern. Alexander lächelte. Sekunden später war sie schon wieder ganz weit weg in ihren Träumen.

Dieses Programm im Café zog Charlotte die ganze Woche durch – auch, wenn sie es laut Dienstplan nicht wirklich musste. Sie verteidigte ihren Einsatz damit, dass sie zügig eine gute Unterstützung sein wollte. Der freie Nachmittag war dabei wie ein Geschenk. Sie lernte Mia, Heike und Oskar kennen. Ein nettes Team, wie sie fand. Ina arbeitete mehr oder weniger ununterbrochen und zauberte die wunderbarsten Torten und andere Köstlichkeiten. Viele der Torten wurden mit dem kleinen Lieferwagen zum Kunden gebracht, andere wurden abgeholt – begleitet von begeisterten Ausrufen ihrer Besteller.

51

Irgendwann, wenn die Situation es hergab, würde Charlotte Ina fragen, ob sie nicht ihre Hochzeitstorte herstellen könnte, doch vorerst schien ihr die Frage zu persönlich. Zurzeit schien sich Ina in die Arbeit zu flüchten, um nicht zu viel über andere Dinge nachdenken und sprechen zu müssen. Das Serviceteam unterstützte sie, so gut es konnte.

Am Samstagnachmittag war es dann so weit: Der rothaarige Henry, den Ina Maries Stalker genannt hatte, betrat das Café. Zügig ging er zu dem Tisch, an dem Charlotte und Ina sich das erste Mal unterhalten hatten.

„Den übernehme ich“, sagte Charlotte zu Heike, die gerade dabei war, die Kuchentheke aufzufüllen.

Als Henry sich hingesetzt hatte und keinerlei Anstalten machte, die Karte in die Hand zu nehmen, ging Charlotte zu ihm.

„Hallo“, sprach sie ihn an, „was darf ich Ihnen bringen?“

Verwirrt schaute er sie an.

„Sie sind neu hier, oder?“

Er nahm seine Brille ab und versuchte ungeschickt, mit einem Zipfel seines Hemds die Regentropfen von den Gläsern abzuwischen.

„Ja, ich habe am Montag hier angefangen.“

„Sie waren auch auf Maries Beerdigung.“ Er schluckte und Tränen traten in seine Augen. Es war keine Frage, sondern vielmehr eine Feststellung.

„Richtig. Das war ich.“

„Woher kannten Sie sie?“

„Wir sind zusammen zur Schule gegangen.“

Mehr würde er von ihr nicht erfahren.

„Ach so.“

„Waren Sie denn mit ihr befreundet?“, fragte Charlotte zurück.

Henry hob den Kopf und schaute sie direkt an. Seine Brillengläser hatten Streifen und seine roten Locken standen wild vom Kopf ab.

„Ich hätte gerne ein Stück Schoko-Orangenlikörtorte, einen Kaffee und ein Glas Wasser", kam es wie aus der Pistole geschossen.

„Sehr gerne", antwortete Charlotte und drehte sich um.

„Lass mich raten", sagte Heike, als Charlotte an die Theke trat. „Schoko-Orangenlikörtorte, einen Kaffee, ein Glas Wasser?"

Charlotte schaute sie verwundert an.

„Hat dir noch niemand von unserem Henry erzählt? Marie hat ihn häufig einfach nur noch Stalker genannt. Richtig unheimlich. Wenn das, seitdem du hier angefangen hast, deine erste Begegnung mit ihm ist, hat er anscheinend eine längere Pause nach Maries Beerdigung eingelegt. Eigentlich ist er mindestens dreimal in der Woche hier – immer derselbe Platz, immer dieselbe Bestellung."

Die sonst so ruhige Heike kam richtig in Fahrt. Charlotte musste sie unterbrechen, damit sie Henry schnell das Gewünschte bringen konnte.

„Aber wieso hat Marie ihn Stalker genannt?", fragte Charlotte neugierig, als sie wieder hinter der Theke stand.

„Marie erzählte nie viel – weder Privates noch sonst irgendwas, also auch nicht viel über Henry. Er muss ihr aber wohl häufiger nach Ladenschluss im Hinterhof aufgelauert und sie abgefangen haben, wenn sie als Letzte und alleine die Konditorei verließ. Voll der Spinner. Sie konnte sich offenbar gut mit Worten gegen das, was er wollte, wehren. Wir haben mitbekommen, dass Ina ihr dringend ans Herz gelegt hat, zur Polizei zu gehen, und das nicht nur einmal. Doch Marie hat nur abgewunken und gesagt, dass der Verrückte nichts tut."

53

„Und hier im Café? Hat er sich hier auch auffällig Marie gegenüber benommen?"

„Du willst es aber genau wissen, was? Ja, vor Maries Tod bat er nach seiner Bestellung jedes Mal darum, dass doch Marie persönlich ihm alles servieren möge. Sie hat es auch tatsächlich ab und an gemacht. Irgendwann war es ihr zu blöd. Wir haben sie dann gar nicht mehr aus der Backstube herausgeholt."

„Ich möchte bitte zahlen", drang es zu ihnen.

Beide drehten sich ruckartig zu Henry um.

„Das ging aber schnell. Sonst saß er mindestens eine halbe Stunde hier."

Charlotte begab sich zu ihm und kassierte. Sie stellte die Kaffeetasse, das Glas und den Teller, auf dem noch ein halbes Stück Torte lag, auf ihr Tablett.

„Hat es Ihnen nicht geschmeckt?"

Er zog bereits seine Jacke bereits an.

„Es ist halt nicht mehr so wie früher. Das war ja klar", antwortete er, kehrte ihr den Rücken zu und verließ das Café, ohne sich zu verabschieden.

Charlotte blickte ihm nach. Was war das denn für ein Abgang?

Den Nachmittag über versuchte sie, von ihren Kollegen noch etwas Neues über Henry zu erfahren. Die wussten aber alle nicht viel mehr als Heike und es interessierte sie, zu Charlottes Bedauern, auch nicht sonderlich.

Kapitel 10

Ina Steinker hatte mittlerweile Unterstützung in der Backstube bekommen. Sie hatte zum Glück nicht lange suchen müssen. In einer Konditorei mit einem so guten Ruf wie das ‚Törtchen' und einem jungen Team wollten viele junge, kreative Konditoren arbeiten. Die Auswahl war nicht leichtgefallen.

„Ich konnte mir gar nicht vorstellen, wieder jemanden in der Backstube neben mir zu haben, der nicht Marie ist", hatte Ina zu Charlotte gesagt, als Veronika, die Neue, sich nach dem dritten Tag verabschiedet hatte. „Aber jetzt merke ich, wie gut es mir tut."

Charlotte war froh darüber, dass Ina so schnell eine Kollegin gefunden hatte, und dann auch noch eine so nette Person. Besorgt hatte sie vorher mit angesehen, wie Ina gefühlt Tag und Nacht arbeitete und – trotz schlanker Figur – immer dünner wurde. Sie hatte sich bislang nicht getraut, sie zu einem Gespräch zu bitten. Aber das würde sich jetzt hoffentlich ändern. Sie mussten sich dringend intensiver austauschen, zum Beispiel über den Streit am Morgen des Unglücks und auch über Henry. Der kam alle zwei bis drei Tage ins Café, bestellte jedes Mal dasselbe und ließ die Hälfte des riesigen Schoko-Orangenlikörtortenstücks auf dem Teller. Bei seinen Besuchen sprach er nur das Nötigste. Das brachte Charlotte überhaupt nicht weiter. Sie kam in dem Fall einfach nicht voran. Bislang hatte sie Jochen Räsner nicht um Hilfe gebeten. Der würde ihr auch gar nicht unter die Arme greifen können. Wobei auch? Und wozu? Charlotte musste feststellen, dass ihre Motivation bezüglich der Aufklärung von Maries Tod langsam den Bach runterging – nicht jedoch ihre Motivation, im Café zu arbeiten. Das machte ihr unerwartet viel Spaß.

An einem sonnigen, aber eiskalten Donnerstagvormittag, Charlotte war alleine im Café und polierte die Kuchengabeln und Teelöffel, öffnete sich die Tür mit einem melodischen Klingeln. Eine imposante Gestalt trat ein. Charlotte musste blinzeln, weil die Sonne zu dieser Uhrzeit direkt ins Café schien. Sie konnte nur Umrisse erkennen.

„Guten Tag", sagte Charlotte höflich.

„Guten Tag", kam es energisch zurück.

Die Frau schritt langsam durch den Raum. Sie war nicht sonderlich groß, dafür umso breiter. Charlotte konnte nicht anders, sie musste sie einfach von oben bis unten bestaunen.

Ihre Füße steckten in hochhackigen schwarzen Samtschuhen, die von einer silbernen Brosche geziert wurden. Die stämmigen Beine waren in eine schwarze, blickdichte Strumpfhose verpackt. Kurz über dem Knie begann ein Bleistiftrock mit Pepita-Muster in Schwarz-Weiß. Es folgte eine kurz geschnittene lilafarbene Jacke, die in der nicht vorhandenen Taille von einem kleinen grünen Gürtel zusammengeschnürt wurde. Eine Winterjacke brauchte die Frau offenbar nicht. Die Knöpfe der Jacke waren nicht bis oben verschlossen. Ab der Brust schauten die Rüschen vom Ausschnitt einer weißen Bluse hervor, sodass ihr enormer Brustumfang noch betont wurde. Ihr Gesicht war dezent geschminkt, umso auffälliger waren die großen Ohrringe, die bei jeder Kopfbewegung klimperten. Ihre blonden Haare waren – zur Krönung ihrer Erscheinung – zu einem großen Knoten auf ihrem Kopf zusammengebunden. In der einen Hand trug sie einen schwarzen Aktenkoffer.

Die Frau hatte sich auf ihrem Weg durchs Café intensiv umgesehen. Als sie an der Theke ankam, musste Charlotte sich kurz in den Arm zwicken.

„Womit kann ich Ihnen helfen?"

„Mein Name ist Cordula Blume", entgegnete sie in viel zu süßem Ton. „Ich komme von der Firma Zuckerwerk und hätte gerne Ihre Chefin gesprochen." Letzteres klang nicht mehr so übertrieben liebenswürdig.

„Worum geht es denn?"

„Super haltbarer Fondant."

Charlotte war ganz offensichtlich nicht ihre gewünschte Gesprächspartnerin, denn mehr sagte sie nicht. Mittlerweile betrachtete sie auch eingehend die Thekenbestückung. Aber Charlottes Neugierde war geweckt.

„Super haltbarer Fondant?"

„Genau." Die Laune von Frau Blume schlug langsam um.

„Aha."

„Hören Sie", fuhr sie Charlotte ungeduldig an. „Das ‚Törtchen' ist der weiße Fleck auf meiner Landkarte, was den Vertrieb unseres besonderen Fondants angeht." Ihre Stimme überschlug sich beinahe und die Rüschen auf ihrer Brust bebten. „Wie häufig habe ich schon mit Ihrer Chefin telefoniert und wurde abgewiesen? Heute nicht!"

„Marie Bürmer ist gestorben."

„Ich weiß!" Sie schlug mit ihrer Hand so fest auf die Theke, dass die Visitenkarten des ‚Törtchen', die dort auslagen, ins Rutschen gerieten und zu Boden fielen.

Was für eine merkwürdige Reaktion auf die Nachricht von Maries Tod. Charlotte wusste nicht, was sie sagen sollte.

„Holen Sie mir Frau Bürmers Nachfolgerin. Jetzt. Sofort."

„Liebe Frau Blume. Das war doch Ihr Name, richtig? Ich werde Frau Steinker gerne fragen, ob sie mit Ihnen sprechen möchte."

Erst Zuckerbrot, dann Peitsche – eine interessante Taktik für eine Vertreterin. Charlotte ging zu Ina in die Backstube und erklärte ihr, wer draußen auf sie wartete. Eigentlich hatte die Konditorin für solche Gespräche überhaupt keine

Zeit, aber hier war sie als Mitinhaberin gefragt. Außerdem bat Charlotte sie, Frau Blume etwas auf den Zahn zu fühlen. Ina verstand und ging ins Café.

Distanziert, aber freundlich begrüßte sie Frau Blume. Sie setzten sich an einen Tisch und die Zuckerwerk-Vertreterin zog aus ihrem Aktenkoffer einen Ordner, der, als sie ihn aufschlug, den halben Kaffeetisch bedeckte. Nachdem sie die Visitenkarten aufgehoben hatte, bediente Charlotte zwar die Gäste, die nach der Vertreterin ins Café gekommen waren, dennoch beobachtete sie die beiden sehr genau. Es sah so aus, als hätte Frau Blume Ina weder ihr Mitleid zum Tod von Marie ausgesprochen, noch schien sie es zu interessieren. Ein befremdendes Verhalten, wenn man sein Produkt so dringend verkaufen wollte.

Nach ein paar Minuten winkte Ina Charlotte zum Tisch und bat darum, ihnen zwei Tassen Kaffee zu bringen. Als Charlotte die vollen Tassen vor sie hinstellte, blieb sie für einen kurzen Moment hinter Frau Blume stehen und schaute in den Ordner. Diese drehte sich direkt um und fuhr sie an: „Das wär's."

Charlotte hatte nur quietschbunte Torten bestückt mit Figuren, Blumen und Tieren gesehen. Das war so gar nicht der Stil vom ‚Törtchen'. Nach knapp einer halben Stunde beendete Ina das Schauspiel und geleitete Frau Blume zur Tür. Diese würdigte Charlotte keines Blickes mehr.

„Und, wie war es?", fragte sie Ina anschließend.

Die Konditorin lehnte sich an die Anrichte hinter der Theke und schnaubte einmal.

„Unglaublich, wie aggressiv diese Frau ihre Produkte an den Mann bringen will. Die würde über Leichen gehen. Marie hatte mir von ihren Versuchen, das ‚Törtchen' mit ihrem super haltbaren Fondant einzukleistern, berichtet. Und Marie war ja auch nicht gerade zimperlich in vielen

Situationen. Aber selbst sie hatte Respekt vor Frau Blume. Ich bekomme Gänsehaut bei ihr. Eine wirklich penetrante Person."

Sie strich sich mit ihren Händen über die Oberarme und schüttelte sich.

„Wie seid ihr verblieben?"

„Sie wird mir in den nächsten Tagen Proben ihres tollen Fondants zukommen lassen, mit denen ich mich versuchen kann. Auf der ,Backfein', auf der ihre Firma natürlich auch vertreten ist, werden wir dann über meine Tests und alles Weitere sprechen. Ganz ehrlich: Das Ergebnis steht für mich jetzt schon fest. Meine Absage wird diese Frau nur schwer akzeptieren können. Aber so ist es nun mal. So weit kommt es noch, dass Vertreter einem Angst einjagen."

Charlotte nickte zustimmend. Ina verabschiedete sich wieder in die Backstube. Würde eine Vertreterin einen Mord begehen, nur weil sie beim Verkauf ihres Produktes sich an einem potenziellen Kunden die Zähne ausbeißt? Auszuschließen war es nicht. Charlotte hing diesem Gedanken nach, während sie den gerade eingetroffenen Gästen köstliche Tortenstücke servierte.

Kapitel 11

Am Nachmittag gesellte sich Oskar zu ihr. Ihn konnte sie vom Serviceteam am wenigsten einschätzen. Er machte im ‚Törtchen' einen Superjob, das hatte sie von Anfang an bemerkt, war aber sehr ruhig und zurückhaltend. Sie beide unterhielten sich kaum hinter der Theke, auch nicht, wenn ihnen eine kurze Atempause gegönnt war.

Er studierte Umwelttechnik, wohnte – wie fast alle Studenten aufgrund des Wohnraummangels – in einer Wohngemeinschaft und kam gebürtig aus Köln. Mehr wusste sie nicht über ihn und mehr wollte er nicht erzählen. Der Nachmittag zog sich ohne ein bisschen Plaudern zwischendurch zäh dahin.

Sie war froh, als sie das „Geschlossen"-Schild in die Tür hängen konnte. Nachdem sie aufgeräumt hatten, gingen sie in die Backstube und unterhielten sich kurz mit Ina und der neuen Kollegin Veronika. Oskar verabschiedete sich schnell und verschwand.

Als Charlotte einen Moment später ebenfalls gehen wollte, stellte sie fest, dass ihre Armbanduhr, die sie am Nachmittag abgenommen hatte, noch im Café liegen musste. Sie kehrte in den Gastraum zurück, machte das Licht aber nicht an. Draußen war es schon wieder dunkel geworden. Als sie durch das große Fenster blickte, erkannte sie auf der anderen Straßenseite Oskar, der sich mit einem jungen Mann unter einer Straßenlaterne unterhielt. Sein Gesprächspartner hielt mit einer Hand ein Rennrad fest. Und dann, sie traute ihren Augen nicht, gab Oskar dem Rennradfahrer ein kleines Tütchen und nahm Geldscheine von seinem Gegenüber entgegen. Das durfte nicht wahr sein!

Charlotte schnappte sich ihre Uhr, wünschte den beiden Konditorinnen einen schönen Feierabend und stürmte nach draußen. Der junge Mann war nicht mehr zu sehen. Oskar schlenderte den Bürgersteig entlang. Sie rannte hinter ihm her. Er schien ihre Schritte nicht zu hören. Als sie ihn erreicht hatte, riss sie ihn an seinem Parkaärmel zu sich herum. Verwirrt schaute er sie an und zog die Kopfhörer aus den Ohren. Eine Straßenlaterne spendete ihnen Licht.

„Sag mal, tickst du nicht mehr ganz richtig? Dealst du echt direkt vorm ‚Törtchen'? Ich fasse es nicht!" Die Worte sprudelten nur so über Charlottes Lippen.

„Was? Jetzt reg dich nicht auf", entgegnete er. Sein ruhiger Tonfall, so als wäre nichts geschehen, brachte sie noch mehr in Rage.

„Du kannst doch nicht vor der Tür des Cafés deine Kunden treffen. Bist du total verrückt? Und was war das überhaupt in dem Tütchen? Seit wann machst du diesen Mist?"

„Schrei doch nicht so rum", fuhr er dazwischen, „du verhältst dich ja schon so, wie die immer und überall perfekte Marie es getan hat."

„Was soll das heißen?"

„Also, um ein paar deiner Fragen zu beantworten, obwohl ich mich in keiner Weise dazu verpflichtet fühle: In dem Tütchen war Gras, o.k.? Und ja, ich bediene meine Kunden, wo und wann ich es will. Ist das klar?"

Er schaute auf Charlotte herab, denn er war mindestens einen Kopf größer – und wie er sich da vor ihr aufgebaut hatte, wirkte er angsteinflößend auf sie.

„Aber wieso? Hattest du nicht erzählt, dass du noch woanders kellnerst und auch im Getränkemarkt jobbst?"

„Finanzier du dir mal dein Studium mit mehreren Aushilfsjobs. Nun ja, das hat die feine Dame ja nicht nötig, nicht wahr?"

Er sah ihr mit einem eiskalten Blick in die Augen. Charlotte fiel keine passende Antwort ein. Sie schwieg.

61

„Ich brauche Geld zum Leben. Dafür muss ich mich nicht entschuldigen. Und ja, ich habe dazu auch einen nicht legalen Weg eingeschlagen. Jetzt spiel hier mal nicht die Oberlehrerin!"

„Was hatte Marie damit zu tun?" Sie hatte ihre Sprache wiedergefunden und wollte nicht so schnell aufgeben.

„Marie, Marie, die liebe Marie." Er lächelte bitter. „Madam Perfect hat mich auch mal vorm ‚Törtchen' erwischt und ist mega ausgeflippt. Sie hat mich zurück ins Café beordert und eine Tirade losgelassen, als ob mit ein bisschen Gras die Welt untergehen würde. Absolut lächerlich."

„Und dann?"

„Wie und dann?"

„Hatte es Konsequenzen?"

„Du siehst doch: Ich durfte bleiben. Natürlich hat die blöde Schnepfe mich seitdem beobachtet. Aber das Problem wurde ja nun gelöst."

Er ging einen Schritt auf sie zu. Sie wich zurück.

„Und solltest du mich bei Ina verpfeifen, bekommst du Ärger. Verstehen wir uns? Das ist mein Business und geht niemanden etwas an." Die Worte zischte er zwischen seinen Zähnen hindurch. „Jeder, der mir dabei im Weg steht, bekommt das zu spüren."

„Hast du Marie auch so bedroht?", fragte sie selbstbewusst zurück.

„Du verschwindest jetzt besser und siehst zu, dass wir uns im ‚Törtchen' und auch sonst nicht zu häufig über den Weg laufen. Einen schönen Abend."

Mit diesen Worten steckte Oskar sich die Kopfhörer in die Ohren und wandte sich ab. Charlotte lehnte sich erschöpft an den Laternenpfahl und sah ihm hinterher.

Hatte sie gerade mit Maries Mörder gesprochen? Einen Grund, sie zu töten, hatte Oskar. Aber würde er wirklich so weit gehen? Oder war das alles nur eine Show, weil es seinen Lebensunterhalt betraf. Sie hatte keine Ahnung.

Was für ein Tag. Erst die Begegnung mit der exzentrischen und knallharten Cordula Blume und jetzt das hier.

Sie machte sich auf den Weg nach Hause. Während sie den wohltuenden Duft und die angenehme Wärme in der Badewanne genoss, fragte sie sich, wie sie mit Oskar und seiner Geschichte umgehen sollte. Sie war sich unsicher, aber zu müde, um weiter darüber nachzudenken. Nach dem Bad fiel sie ins Bett. Dass Alexander sich irgendwann zu ihr legte, bemerkte sie nicht mehr.

Kapitel 12

Es war Freitag. Das hieß Kampftag im ‚Törtchen': viele Gäste, die größtenteils warten mussten, um überhaupt einen Sitzplatz zu ergattern, sowie zahlreiche kurzfristige Bestellungen, die Ina zum Glück alle selbst entgegennahm. „Wir bräuchten noch eine Schwarzwälder Kirschtorte fürs Wochenende. Wann können wir die spätestens abholen?" „Unsere Tochter feiert morgen Geburtstag. Können Sie uns die tollen Cupcakes und die kleinen Fruchttörtchen dafür fertig machen, je zwanzig Stück?" „Am Sonntag bekommen wir Besuch und hätten gerne ein paar von den köstlichen Macarons und Petits Fours dazu." So ging es rund um die Uhr. Ina nahm sich für die Kunden so viel Zeit wie möglich. Der Feierabend rückte mit jeder Bestellung in weitere Ferne. Im Service bekamen sie nicht viel davon mit.

Charlotte arbeitete heute mit Mia und Paul, einem total sympathischen Pärchen. Beide studierten im dritten Semester, Mia auf Lehramt und Paul Betriebswirtschaftslehre. Sie hatten sich tatsächlich im ‚Törtchen' kennen- und lieben gelernt. Dabei konnten sie unterschiedlicher nicht sein. Die leicht untersetzte Mia mit ihrem Pixie Cut und den Tätowierungen passte optisch so gar nicht zum konservativ daherkommenden, supersportlichen Paul. Wenn man die beiden zusammen erlebte, fiel ihr besonders liebevoller Umgang miteinander sofort ins Auge, richtig süß, wie Charlotte fand.

Trotz der enormen Anzahl an Gästen hatten die drei einen guten Flow in der Zusammenarbeit. Alle waren aufmerksam und unterstützten sich gegenseitig. Und der Spaß kam auch nicht zu kurz.

Sie hatten alle Hände voll zu tun – Charlotte richtete gerade Teller mit Kuchenstücken an, Mia sorgte für den Kaffee

64

und Paul kassierte –, als Ina gegen Mittag im Café vorbei-
schaute und sich einen Eisbeutel auf die Wange drückte.

„Leute, hört mal", sofort hatte Ina ihre Aufmerksamkeit,
„ich muss zum Zahnarzt. Ich habe solche Schmerzen. Nicht
zum Aushalten. Die Sprechstundenhilfe hat mir am Telefon
versprochen, mich dazwischenzuschieben. Wenn das jetzt
nicht gemacht wird, müsste ich vermutlich am Wochenende zum Notdienst, so weh tut es. Veronika bleibt hinten
und arbeitet weiter. Ich möchte euch bitten, währenddessen
das Bestellbuch zu übernehmen."

Sie legte ein dickes Buch auf die Anrichte.

„Wenn etwas nicht klar sein sollte, schreibt einfach ‚Rück-
ruf notwendig‘ zu euren Notizen. O.k.? Ihr macht das
schon. Ich bin dann weg. Bis später."

„Alles Gute", riefen ihr die drei besorgt zu, doch da war Ina
schon in der Backstube verschwunden. Sie nahm wohl den
Hinterausgang.

„Das Buch der Bücher", säuselte Mia und füllte die nächste
Tasse mit duftendem Kaffee.

„Wie meinst du das?", fragte Charlotte, die Kuchengabeln
auf die gefüllten Teller legte.

„Du findest darin alle Termine – von Kundenbestellungen
über Sonderaktionen, Warenbestellungen und -anlieferun-
gen bis hin zu, ich nenne es mal, privaten Kurznotizen. Bislang war Marie die Hüterin dieses Buches. Sie hat es extra
anfertigen lassen. Es ist ein riesiger Kalender über zwei
Jahre, den Ina erst mal durchdringen musste. Gar nicht so
einfach."

Sie hatten die Tabletts vollgestellt und fingen an, die neuen
Gäste zu bedienen. Mias Ausführungen zum Bestellbuch
machten Charlotte neugierig. Sie musste unbedingt einen
Blick hineinwerfen, möglichst mit den beiden an ihrer
Seite, die den Inhalt offenbar gut interpretieren konnten.

Als es zwischendurch etwas ruhiger wurde, schnappte sich Charlotte das Buch und Mia und Paul. Dabei versuchte sie, ihr großes Interesse, so gut es ging, zu verbergen. Sie wollte ja nicht als Ermittlerin auffliegen.

„Dann führt mich mal in die Geheimnisse des Buchs ein", bat sie lächelnd.

Mia öffnete den schweren DIN-A4-Wälzer. Jeder Tag hatte eine eigene Seite, die in zwei Spalten unterteilt war. Sie fingen vorne an und schlugen sporadisch Seiten aus dem letzten Jahr auf. Diese waren vollgeschrieben mit Adressen, Telefonnummern, Bestellungen, Uhrzeiten. So gut wie jede Seite war von oben bis unten gefüllt. Dann wechselte die Handschrift und es fanden sich nur noch kurze Notizen, gestochen scharf geschrieben.

„Die Eintragungen kommen von Ina. Logisch, dass sie erst mal kein neues Buch angefangen hat", erklärte Paul. „Das Besondere und Lustige an Maries Buchführung sind die vielen Abkürzungen, die wir größtenteils und auch gemeinschaftlich nicht entschlüsseln konnten."

Charlotte schaute ihn fragend an. „Wie meinst du das?"

Mia übernahm: „Es ist ein bisschen wie mit den Hieroglyphen – nur dass wir die Buchstaben zwar lesen können, ihren Sinn aber nicht verstehen. Wir vermuten, dass es sich dabei um private Termine von Marie gehandelt hat."

Sie blätterte zurück zu den Seiten des letzten Jahres.

„Siehst du, hier zum Beispiel: ,14 Uhr – LWS'. Das konnten wir übersetzen, weil von diesem Eintrag immer einer von uns betroffen war. Denn es heißt ,Lieferwagen Waschstraße'. Sie hat einem von uns die Autoschlüssel in die Hand gedrückt und uns losgeschickt. Oder das hier."

Mia zeigte auf eine Stelle ein paar Seiten weiter.

„Auch ein regelmäßiger Termin. ,10 Uhr – FS'", erklärte Paul, „bedeutet ,10 Uhr – Friseur Salzstraße'. Das konnten

66

wir uns aufgrund ihres veränderten Haarschnitts zusammenreimen. Die meisten Eintragungen bleiben aber unverständlich."

Mia seufzte. „Na ja, jetzt hat Ina übernommen. Was sie aufschreibt, ist eindeutig."

Sie schlug das Buch zu.

Mist, dachte Charlotte, jetzt hatte sie nicht die Seite von Maries Todestag einsehen können.

„Darf ich noch mal kurz durchblättern? Mich interessiert, welche Hochzeitstorten aktuell vorbestellt sind."

„Klar doch", antwortete Mia.

Charlotte beobachtete die zwei, die schon wieder in ihre Arbeit versunken waren, und wandte sich dann dem Buch zu. Ihr Herz klopfte, als sie den betreffenden Tag suchte.

Auf der Seite gab es kaum Einträge: Für morgens waren ein paar Tortenbestellungen aufgenommen worden. Am Nachmittag war das ‚Törtchen' geschlossen. Dort stand ‚Lotta und Jule', also ihr Termin, und darüber nur ‚HF' mit einer Uhrzeit. HF? Wer oder was war HF? Für den Termin hatte Marie 15 Minuten eingeplant, nicht gerade viel. Eine halbe Stunde vor dem Eintreffen der Schwestern sollte der HF-Termin beendet sein. HF. Charlotte starrte das Buch an, als ob sie hoffte, es zum Reden bringen zu können.

„Und, was Interessantes über Hochzeitstortenbestellungen gefunden?"

Mia kam mit zwei Tabletts voller benutztem Geschirr um die Ecke. Charlotte zuckte zusammen und blätterte durchs Buch. HF – das würde sie sich merken. Sie drehte sich zu Mia um.

„Nicht viel", antwortete sie, sich ein bisschen enttäuscht gebend.

„Willst du etwa heiraten? Oder wieso interessiert dich das?"

Mia stellte die Tabletts ab und fing an, die Sachen in die Spülmaschine zu räumen. Charlotte half ihr.

„Ja, ich heirate bald. Ende April ist es so weit, der Termin steht."

Mia wäre fast ein Teller aus der Hand gefallen.

„Was? Das ist ja großartig. Und das sagst du so nebenbei. Mensch, herzlichen Glückwunsch!"

Charlotte strahlte.

„Danke schön."

HF ging ihr trotzdem nicht aus dem Kopf.

Erst am späten Nachmittag kam Ina mit einer beachtlich dicken Wange wieder. Man sah ihr die schlechte Laune an, als sie sich nur per Winken im Café zurückmeldete.

Am Abend war Charlotte froh, sich nach diesen turbulenten Stunden ins Wochenende zu verabschieden. Sie freute sich auf zwei freie Tage.

Kapitel 13

Samstagmorgen tat Charlotte das, was ihr in der letzten Zeit gefehlt hatte und was ihr dabei half, in Ruhe ihre Gedanken zu ordnen: Joggen. Sie zog Joggingkleidung an, packte sich entsprechend der Temperaturen ein und lief los. Die eisige Luft füllte ihre Lungen, sodass sie erst ein paarmal husten musste. Nach einer kurzen Strecke hatte sich das gelegt.

Sie genoss es, durch die Felder und Wiesen zu laufen, über denen an diesem Morgen leichter Nebel hing. Am Wegesrand sprossen überall Schneeglöckchen aus dem Boden und bildeten mit dem Gras einen grün-weißen Teppich.

Als sie ihren Rhythmus gefunden hatte, schlug sie gedanklich den Fall Marie auf. Kaum hatte sie es in dem dicken Terminkalender entdeckt, war ihr klar gewesen: Sie musste herausfinden, wer oder was sich hinter HF verbarg. Wofür auch immer es stand, es war Maries letzter Termin, bevor Jule und sie sie tot aufgefunden hatten, und daher von größter Bedeutung.

Hatte Oskar etwas damit zu tun? Im Sinne von HF gleich Haschischfund? Charlotte konnte es sich nur schwer vorstellen. Allerdings ging es um seine Existenz. Und er war so zornig geworden, dass sie es mit der Angst zu tun bekommen hatte. Hatte er Marie auch gedroht? Hatte sie die Speiseölflasche vor Schreck runtergeworfen und war in der Lache ausgerutscht? Vorstellbar wäre es.

Ein anderer Gedanke galt dieser fürchterlichen Cordula Blume vom Zuckerwerk. Was, wenn sich hinter HF Worte wie ,haltbarer Fondant' verbargen? Dieser ehrgeizigen Vertreterin würde sie vom Typ her zutrauen – zur Steigerung des Firmengewinns und vor allem ihrer Provision –, über Leichen zu gehen. Hatte diese resolute Frau vielleicht Marie ermordet, um ihren Feldzug in ihrem Zuständigkeitsbereich leichter zum Erfolg führen zu können? Auch das wäre eine Möglichkeit.

Dann war da noch Henry, der merkwürdig, treue Gast des ‚Törtchens‘, den Marie als Stalker bezeichnet hatte und den Ina nur zu gern hätte anzeigen lassen. Charlotte musste unbedingt seinen Nachnamen herausbekommen.

Und dann stand natürlich immer noch die Frage nach Inas Alibi im Raum – auch wenn sie immer weniger glaubte, dass Ina etwas mit Maries Tod zu tun haben konnte.

Verschwitzt, aber glücklich kam Charlotte bei der Villa Kunterbunt an. Als sie darauf zulief, sprudelten Glücksgefühle in ihr hoch. Sie liebte dieses Haus und verspürte immer noch pure Freude darüber, dass Alexander und sie den Zuschlag auf ihr Kaufangebot bekommen hatten.

Nach dem Duschen setzte sie sich an den gedeckten Frühstückstisch. Alexander hatte Brötchen vom Bäcker geholt und sogar frischen Orangensaft gepresst. Was für ein wunderbarer Auftakt in das Wochenende.

Nach dem Frühstück fuhren sie nach Münster, schlenderten durch die Einkaufsstraßen, aßen auf dem Markt eine Currywurst und kauften Fleisch und Gemüse für ein Gericht, das sie zum Abendessen kochen wollten. Als sie wieder zu Hause waren, zündete Alexander das Holz im Ofen an.

Mit einem Glas Rotwein in der Hand ließ Charlotte sich nach dem Abendessen auf dem gemütlichen Sofa mit Blick auf das lodernde Kaminfeuer nieder. Alexander erledigte den Abwasch und folgte ihr anschließend.

Sie kuschelten sich aneinander und genossen den Moment. Alexander hielt Charlotte mit einem Arm umschlungen und streichelte mit der anderen Hand ihre Hüfte. Plötzlich wurde aus dem zärtlichen Streicheln ein Ertasten. Charlotte ließ sich noch entspannter in seine Arme sinken.

70

„Ähm, Lotta", sagte er schließlich.

„Ja Liebling", flüsterte sie zurück.

„Ähm ..." Dann kam nichts mehr, und Charlottes Haltung versteifte sich.

„Was ist los?"

„Also, dein Hochzeitskleid, das kann die Schneiderin enger machen, aber nicht weiter. Habe ich das richtig verstanden?"

„Ja. Wieso?"

Nun richtete Charlotte sich vollständig auf.

„Du." Er machte eine Pause und zögerte. „Du hast da am Bauch Röllchen, die vorher nicht da waren. Es tut mir leid, aber ich weiß nicht, wie ich es dir anders sagen soll."

Charlotte schaute ihn an. Sie sah in seinen Augen, dass er sich darüber amüsierte. Schnell zog sie das Shirt hoch und strich über ihren Bauch.

„Wirklich?" Ihre Frage klang ehrlich besorgt, was Alexander zum Lächeln brachte – sie sah es, auch wenn er es zu verstecken versuchte.

„Wirklich."

„Heute Morgen beim Anziehen der Joggingsachen hatte ich gedacht – oder besser gehofft –, sie seien bei der Wäsche eingegangen. Vor ein paar Wochen saßen sie nicht so eng. Oh nein."

Alexander konnte sein Lachen nicht unterdrücken. Charlotte schlug ihm auf den Oberschenkel und schaute ihn übertrieben böse an.

„Das – ist – nicht – lustig."

Nach diesem Satz musste auch sie ein wenig lachen.

„Das ‚Törtchen'! Das ‚Törtchen' ist schuld daran, dass ich ein Hochzeitskleid eine Nummer größer brauchen werde. Die Torten und das Gebäck dort sind einfach zu lecker. Wir haben von Ina die Freigabe bekommen, uns zwischendurch etwas zu gönnen. Und Stücke, die abends nicht mehr in die Kühlung kommen und sonst weggeworfen werden, dürfen wir auch mitnehmen. Oh je, mehr joggen, weniger Torte heißt es ab sofort."

Alexander stupste sie mit dem Zeigefinger an die Nase und gab ihr einen Kuss.

„Du wirst so oder so wunderbar in deinem Hochzeitskleid aussehen."

Er zog sanft an ihrem Ohrläppchen.

„Apropos ‚Törtchen' – wie läuft es bei deinem Fall Marie? Gibt es neue Entwicklungen?"

Die Chance, mit Alexander in aller Ruhe ihre Gedanken und Informationen zu teilen, nutzte Charlotte. Sie goss ihnen beiden Rotwein nach und begann zu erzählen. Alexander stellte zwischendurch Fragen, deren Beantwortung einen anderen Blickwinkel von ihr forderte. Er machte sie zum Beispiel darauf aufmerksam, dass ihr Fokus sehr stark auf dem ‚Törtchen' und Maries beruflichem Umfeld lag. Aber was war mit ihrem Privatleben? Lebte sie alleine? Wo waren all ihre privaten Sachen geblieben? Diese Hinweise empfand sie als sehr erfrischend. Ihren Bericht beendete sie mit Maries Abkürzung im Kalender. Dazu äußerte sie ihre Ideen zu Oskar, Frau Blume und Henry und erläuterte die Notwendigkeit, Henrys Nachnamen herausfinden zu müssen. Sie hatte bloß keine Ahnung, wie sie das machen sollte. Alle Kollegen im Café kannten ihn nur als Henry.

„Mmh", überlegte Alexander, „und er bestellt immer ein Stück Schoko-Orangenlikörtorte, wenn er bei euch ist?"

„Jedes Mal."

„Könntest du dann nicht einfach unter dem Vorwand, dass er ja immer diese Torte wählt und du gerne dafür sorgen möchtest, dass er sie auch mit Sicherheit bekommt, den Vorschlag machen, zukünftig ein Stück für ihn zu reser-

72

vieren. Dafür bräuchtest du allerdings seinen vollen Namen. Wäre das nicht eine Möglichkeit?"

Charlotte nickte bedächtig.

„Einen Versuch wäre es wert. Dann müsste ich mir nur noch mal die Wochentage merken, an denen er ins ‚Törtchen' kommt."

Die Idee schien Charlotte immer besser zu gefallen, denn sie fuhr eifrig fort: „Wenn sein Nachname tatsächlich mit F beginnen sollte, setze ich Jochen auf ihn an. Mal sehen, was so eine Detektei über eine Person ans Tageslicht befördern kann. Das wäre spannend."

Alexander leerte mit einem Schluck sein Glas, stellte es demonstrativ hin und schaute Charlotte herausfordernd an.

„Jetzt aber genug von Mord und Ermittlungen. Ich glaube, ich muss dringend prüfen, ob ich auch an anderen Stellen Beweise für deine Tortenlust finde. Allerdings nicht hier auf dem Sofa."

Er reichte ihr seine Hand. Charlotte grinste und stellte ihr Glas zu seinem auf den Couchtisch. Mit einem Kichern ließ sie sich von ihm hochziehen, direkt in seine Arme.

73

Kapitel 14

Die alte Dame saß an einem Tisch direkt vor dem Fenster und blickte auf die viel befahrene Straße. Ihren Rollator hatte sie neben sich gestellt. Für diesen kleinen Ausflug am Sonntagnachmittag hatte sie sich extra hübsch gemacht – wie jedes Mal. Die Bluse mit den Blümchen und den dunkelblauen Rock hatte sie schon lange nicht mehr getragen. Als sie ihren dicken, dunkelgrünen Wintermantel angezogen hatte, war sie noch mal ins Schlafzimmer gegangen und hatte die unterste Schublade ihrer Kommode geöffnet. An diesem Tag wollte sie nicht die alte Wollmütze auf ihrem Kopf haben, stattdessen nahm sie ein kleines Hütchen und setzte es sich etwas schräg auf. Zurück im Flur schaute sie in den Spiegel. Was sie sah, gefiel ihr.

Der Fußweg zum Café war für sie beschwerlich und eigentlich viel zu lang. Dafür wollte sie sich nun belohnen – trotz ihres Altersdiabetes.

Genüsslich stach sie mit der Kuchengabel einen kleinen Happen vom Tortenstück ab und aß ihn. Dabei schloss sie die Augen. Beim ersten Kauen knackte es leicht zwischen den Zähnen und ein köstlicher Baisergeschmack gepaart mit Stachelbeeren, Mandeln und fluffigem Biskuitboden füllte ihren Mund. Anschließend nippte sie an ihrem Kaffee. Das war ihre sonntägliche Zeremonie, die sie, seitdem das Café eröffnet hatte, zu schätzen wusste. Über die Jahre hatte sich allerdings viel verändert, nicht nur an ihrem Gesundheitszustand, sondern auch hier im Café. In den gut zwei Stunden, die sie blieb, kamen und gingen vielleicht knapp zehn Gäste. Sie hatte nicht mitgezählt.

Früher hatte sie Glück gehabt, wenn sie mit ihren Freundinnen oder ihrem Mann, die mittlerweile alle verstorben waren, überhaupt noch einen Tisch ergattern konnte.

Als Tasse und Teller leer waren, blieb sie noch etwas sitzen, bevor sie sich langsam Richtung Kuchentheke umdrehte, um zu signalisieren, dass sie bezahlen wollte. Die beiden jungen Kellnerinnen waren bereits gegangen. Hinter der Theke stand der Chef. Auch er hatte sich verändert: Bart und Haare waren grau geworden und sein Hemd spannte am Bauch. Da er mit seinem Handy beschäftigt war, musste sie sich anders bemerkbar machen.

„Herr Funke, bitte zahlen", sagte sie.

Er hob den Kopf und kam direkt zu ihr. Sie gab ihm 50 Cent Trinkgeld. Nachdem er das Geld ins Portemonnaie gesteckt und sich bedankt hatte, half er ihr in den Mantel. Beim Verlassen des Cafés lächelte sie ihn an, als er ihr freundlicherweise die Tür aufhielt.

Es war wieder so ein Wochenende in einer Reihe von fürchterlichen und niederschmetternden Wochenenden, dachte Hubertus und blickte der alten Dame durchs Fenster nach. Die zwei Studentinnen, die bei ihm kellnerten, hatte er nach Hause geschickt – zum wiederholten Mal. Was sollten sich die beiden die Beine in den Bauch stehen. Vermutlich würden sie ihn morgen anrufen und kündigen, so wie es bereits etliche Servicekräfte in der letzten Zeit gemacht hatten. Er konnte sie verstehen.

Dass er auf jeden Cent achten musste und die Bank schon bei ihm angeklopft hatte, wusste natürlich niemand, nicht einmal seine Frau. Die letztjährige Mieterhöhung hatte ihn finanziell völlig aus der Bahn geworfen. Er hatte noch versucht, mit dem Vermieter eine andere Regelung zu treffen. Der ließ aber nicht mit sich reden.

Er war so verzweifelt, dass er alles auf eine Karte gesetzt hatte: Den Wettbewerb auf der ‚Backfein' musste er einfach gewinnen. Um das sicherzustellen, hatte er alles an Geld, was er irgendwie auftreiben konnte – immerhin knapp 10.000 Euro –, einem Mitglied der Wettbewerbsjury übergeben. Der Kollege hatte es, ohne mit der Wimper zu zucken, angenommen. Im tiefsten Inneren erschütterte ihn diese Reaktion. Dass es so einfach sein würde, hätte er nicht gedacht. Als Gegenleistung hatte sein Kollege zugesagt, entsprechend seiner Möglichkeiten dafür zu sorgen, dass das ‚Törtchen' nicht teilnehmen und er gewinnen würde.

Als er kurze Zeit später die Todesanzeige von Marie Bürmer in der Zeitung gelesen hatte, zitterten seine Hände. Was hatte er getan? Das allzu bestechliche Jurymitglied hatte ihm untersagt, ihn zu kontaktieren, und er hielt sich daran. Er hoffte inständig, dass der Tod der jungen Kollegin nichts mit seiner Zahlung zu tun hatte.

Und dann erreichte ihn die Benachrichtigung der Wettbewerbsteilnehmer. Wie auch immer die Taktik seines Kollegen ausgesehen hatte, sie war nicht aufgegangen. Sosehr er sich wünschte, nicht für Marie Bürmers Tod verantwortlich zu sein, als er davon las, so sehr sehnte er sich danach, dass damit all seine Probleme weggewischt sein würden.

Nun, er war eines Besseren belehrt worden. Es wurde Zeit, selbst dafür zu sorgen, wieder die Nummer eins in Münster zu werden.

Natürlich würde er im Wettbewerb durch Leistung überzeugen. Das könnte – trotz des Einsatzes seines Komplizen – aber nicht ausreichen. Wenn diese Ina Steinker so perfekt war wie ihre ehemalige Partnerin, hatten die Mitstreiter keine Chance. Und sie musste gut sein, da sein Café seit Marie Bürmers Tod nicht sonderlich mehr Zulauf hatte und auch die Anzahl der Tortenbestellungen auf niedrigem Niveau blieb.

Daher hatte er einen Plan geschmiedet. Er würde ganz sanft anfangen, auf der ‚Backfein' gegen das ‚Törtchen' vorzugehen. Ina Steinker und ihr Team würden schnell spüren, dass sie nicht willkommen waren. Und der Tod von Marie Bürmer? Er war zu dem Entschluss gekommen, dass er sich den Schuh niemals würde anziehen lassen. Schließlich fand sich nirgendwo in der Presse ein Hinweis, dass es sich dabei um ein Gewaltverbrechen gehandelt hatte. Außerdem gab es keine Spuren, die zu ihm führen könnten. Da war er sich sicher.

Mit sich und seinen Plänen zufrieden blickte er auf die fast leere Auslage. Wenn sein ältester Sohn nächstes Jahr seine Lehre bei ihm beginnen würde, würde er ein florierendes Geschäft präsentieren können, mit Warteschlangen vor der Theke, voll besetzten Tischen und dem Zauber seiner Torten – wie in früheren Zeiten.

Es waren nur noch wenige Wochen, bis er den Gewinnerpokal als bester Konditor entgegennehmen würde.

77

Kapitel 15

Montags, donnerstags und samstags – das waren die Wochentage, an denen Henry ins ‚Törtchen' kam und ein Stück Schoko-Orangenlikörtorte, einen Kaffee und ein Glas Wasser bestellte. Charlotte hatte sich das von Jenny und Paul bestätigen lassen.

Als sie am folgenden Donnerstag Dienst hatte, beobachtete sie gespannt die Tür zum ‚Törtchen'. Sobald die Glocke ihr fröhliches Klingeln von sich gab, schaute Charlotte sofort, wer eintrat. Sie war heute mit Mia im Service.

Pünktlich um halb vier war es dann so weit. Seine roten Locken waren wie immer vollkommen zerzaust. Durch seine Brille, die sofort beschlug, spähte er sich nach einem freien Platz, besser gesagt seinem Platz – ganz hinten in der Ecke. Dieser war jedoch besetzt, was er offenbar nur widerwillig akzeptieren konnte. Ihm war anzusehen, wie er mit sich rang, vielleicht später wiederzukommen oder zu warten, denn er blieb zunächst mitten im Café stehen. Schließlich ging er mit hängenden Schultern zum Tisch in der gegenüberliegenden Ecke und setzte sich, sein Gesicht drückte deutliches Unbehagen aus. Dann nahm er seine Brille ab und putzte sie mit einem Zipfel seines Shirts, das er aus der Hose zog.

Charlotte hörte Mia sagen: „Oh nein, Henry-Zeit."

„Kein Problem. Ich übernehme ihn", erwiderte sie beherzt. Sie hatte sich vorgenommen, die lockere und vielleicht etwas naive Studentin zu mimen. Da sie wusste, dass er nicht in die Karte schauen würde, ging sie beschwingt zu ihm an den Tisch. Showtime.

„Hallo! Was kann ich Ihnen bringen?", fragte sie höflich.

„Ein Stück Schoko-Orangenlikörtorte, einen Kaffee, ein Wasser, bitte", antwortete er.

„Sehe ich das eigentlich richtig, dass Sie immer dasselbe bestellen, wenn Sie hier sind?"

Blitzschnell hob er den Kopf und schaute Charlotte erschrocken und zugleich verärgert an.

„Wieso? Ist das ein Problem?"

„Nein, nein. Das wollte ich damit nicht sagen." Sie lächelte ihn an. „Nur wissen Sie, ich bin ja relativ neu im ,Törtchen', und da habe ich mir gedacht, weil Sie ja auch regelmäßig hier sind, ob wir nicht ein Stück Schoko-Orangenlikörtorte für Sie reservieren könnten." Charlotte konnte vor Aufregung ihren Herzschlag hören. „Was meinen Sie? Dann wäre es absolut sicher, dass Sie immer Ihre Lieblingstorte bekommen. Und Ihren Lieblingsplatz, wenn Sie wollen. Meine Kollegen und ich könnten Ihnen Ihre Bestellung direkt servieren. Wäre das nichts?"

Ihr Honigkuchenpferd-Grinsen musste langsam schon verkrampft aussehen, aber sie wollte nicht lockerlassen. Im naiven Ton fuhr sie fort: „Sollten Sie uns mal nicht besuchen, wäre das absolut kein Problem. Wenn ich das an den entsprechenden Wochentagen in unseren Kalender eintrage, weiß jeder im Service Bescheid. Was sagen Sie?"

Letzteres war mehr Aufforderung als Frage. Er sah sie ernst an. Sie hatte fast den Eindruck, als würde er gleich seinen Unmut über die ganze Welt nur an ihr auslassen. Tapfer lächelte sie weiter. Plötzlich änderte sich sein Gesichtsausdruck. Er wurde fast kindlich sanft.

„Das klingt nach einer guten Idee", sagte er und nickte.

„Sollen wir das so machen? Dann bräuchte ich einmal Ihren Namen, bitte", sie zückte Kugelschreiber und Notizblock, „und für welche Tage Sie reservieren möchten."

Anscheinend war er kein großer Freund davon, persönliche Daten mitzuteilen, denn er murmelte ,Namen und Wochentage, Namen und Wochentage' vor sich hin.

„Es ist nur ein Angebot. Sie können es sich auch noch überlegen", schob Charlotte hinterher, sie sah ihre Felle schon davonschwimmen.

Doch nach einem weiteren Moment sagte er plötzlich: „Henry Friedrich."

„Henry Friedrich", wiederholte Charlotte und schrieb es auf. „Wie weiter?"

„Wie meinen Sie das?"

„Ihr Nachname lautet?"

„Friedrich."

„O.k." Sie schluckte.

HF – da waren die beiden Buchstaben aus Maries Kalender. Jetzt musste sie schön in ihrer Rolle bleiben.

„Und für welche Wochentage bitte?"

„Montag, Donnerstag und Samstag, immer nachmittags gegen 15 Uhr 30."

„Gut, so machen wir das."

Als sie sich abwandte, zitterten ihre Hände ein wenig. Geradezu krampfhaft hielt sie den Block fest und zerknüllte ihn beinahe, was nicht weiter tragisch gewesen wäre, da sie die Informationen nicht so schnell vergessen würde.

Zügig stellte sie Tortenstück, Kaffee und Wasser auf ein Tablett und brachte es zu Henry. Danach erklärte sie Mia, dass sie aufgrund starker Kopfschmerzen jetzt nach Hause fahren würde. Es war nicht allzu viel los und Mia war eine erfahrene Kellnerin.

Auf dem Weg durch die Backstube sprach Charlotte kurz mit Ina über einen Termin, an dem die beiden sich in Ruhe über den Verlauf der Ermittlungen unterhalten wollten. Sie vereinbarten den nächsten freien Nachmittag, an dem das ‚Törtchen' geschlossen hatte. Charlotte war sich sicher, dass sie bis dahin wissen würde, ob Henry Friedrich der Mörder von Marie war. Sollte sich das nicht bewahrheiten, würde sie ihre anderen Gedanken mit Ina teilen. Jetzt war sie erst mal auf die Hilfe der Detektei Phönix angewiesen. Voller Energie machte sie sich auf den Weg.

Es war unglaublich viel Verkehr in der Stadt, sodass sie erst um kurz vor 17 Uhr die Tür der Detektei öffnete. Frau Strasser empfing sie mit einem freundlichen Blick und wie immer perfekt gekleidet an der Rezeption.

„Hallo Frau Kemburg, wie geht es mit den Hochzeitsvorbereitungen voran?", erkundigte sie sich.

Charlotte war etwas überrascht von dieser Frage und stotterte nur: „Danke. Gut." Sie lächelte verlegen.

Gekonnt überspielte Frau Strasser die Situation, indem sie in ruhigem Ton sagte: „Womit kann ich Ihnen helfen?"

Charlotte war dankbar für den Themenwechsel. Sie war einfach in Gedanken zu sehr bei ihrem Fall.

„Ich hätte gerne Jochen, ähm, Herrn Räsner gesprochen."

„Das tut mir leid. Der war heute gar nicht im Büro."

„Oh."

Frau Strasser schien Charlottes Enttäuschung nicht zu entgehen, denn sie sagte: „Vielleicht kann ich Ihnen weiterhelfen? Worum geht es denn?"

„Ach, Herr Räsner hatte mir zugesagt, dass ich in meinem aktuellen Fall, der nicht offiziell über die Detektei läuft, auf die Ressourcen hier bei Bedarf zurückgreifen könnte."

Frau Strasser schmunzelte.

„Das sieht Herrn Räsner ähnlich. Dann schießen Sie mal los."

Sie nahm sich etwas zum Schreiben. Verwirrt schaute Charlotte sie an.

„Frau Kemburg, Sie glauben gar nicht, was ich in meinem Leben schon alles gemacht habe und was in der Detektei Phönix jeden Tag passiert. Vertrauen Sie mir bitte."

81

Charlotte hatte Frau Strasser von Anfang an gemocht. Irgendwann würde sie sich mal näher mit ihr unterhalten, nahm sie sich vor. Aber dafür hatte sie jetzt keine Zeit.

„O.k. Ich brauche alle Informationen zu einer Person, die von der Detektei beschafft werden können. Sein Name ist Henry Friedrich aus Münster."

Sie beschrieb Henrys Aussehen, seine Gewohnheiten, regelmäßig das ‚Törtchen' aufzusuchen, ihre Vermutung, er könnte in der Nähe des Cafés wohnen, und alles, was ihr sonst noch einfiel – auch zu dem Verdacht des Stalkings.

Frau Strasser schrieb fleißig mit, stellte zwischendurch präzise Fragen nach geschätztem Alter, Kleidung und anderen Details. Charlotte war überrascht über dieses Interview und die Aspekte, auf die sie dabei aufmerksam wurde. Ihr wurde bewusst, wie schnell sie doch anhand des Aussehens und des Hörensagens über einen Menschen urteilte. Als Ermittlerin musste sie lernen, auf die feinen Nuancen zu achten. Wie konnte sich ihr Gegenüber sprachlich ausdrücken? War die Person Rechts- oder Linkshänder? Trug sie einen Ehering oder anderen Schmuck? Diese Beobachtungen und Erkenntnisse könnten Rückschlüsse in einem Fall liefern. Frau Strasser beherrschte diese Technik offensichtlich perfekt.

Noch überraschter war Charlotte, als Frau Strasser plötzlich fragte: „Reicht Ihnen das, wenn Sie die Informationen spätestens morgen Mittag haben?"

„Ja selbstverständlich. Das wäre großartig. Aber es muss nicht so schnell sein."

„Das lassen Sie mal meine Sorgen sein", entgegnete Frau Strasser und zwinkerte Charlotte zum Abschied zu.

Die Aussicht, endlich ein paar handfeste Informationen zu bekommen, versetzte Charlotte so sehr in Unruhe, dass sie in der Nacht kaum ein Auge zumachte. Sie drehte sich von links nach rechts und zog irgendwann mit ihrem Bettzeug ins Wohnzimmer um, damit zumindest Alexander gut schlafen konnte.

Am nächsten Morgen wachte sie vollkommen gerädert auf. Kaffeeduft zog zu ihr aufs Sofa hinüber. Alexander gab ihr einen Kuss auf die Wange und verabschiedete sich für den Tag. Natürlich nicht, ohne sie mit einem kleinen Monolog über seine Umbaupläne zur Schaffung getrennter Schlafzimmer ein wenig aufzuziehen.

Bis die Informationen der Detektei Phönix über Henry Friedrich vorliegen würden, hatte sie Zeit, ihre Gedanken zum Fall Marie zu ordnen. Regelmäßig schaute sie auf ihr Handy, ob eine E-Mail von Frau Strasser eingegangen war. Die Lösung des Falls musste in den zwei Buchstaben HF liegen – zumindest musste HF etwas damit zu tun oder mitbekommen haben.

Vielleicht war der Haschischfund bei Oskar doch von Bedeutung. Ihn hatte sie seit ihrem letzten Gespräch unter der Straßenlaterne nicht mehr im ‚Törtchen' gesehen. Sie musste Ina unbedingt fragen, ob sie Näheres über ihn wusste. Ihren Gedanken zur resoluten Frau Blume und ihrem haltbaren Fondant würde sie auch noch weiter nachgehen. Heute stand allerdings Henry Friedrich im Mittelpunkt ihres Interesses. Je nachdem, wie die Informationen aussahen, würde sie ihn zur Rede stellen. Sie wusste noch nicht, wie, aber da würde ihr schon etwas einfallen.

Um die Mittagszeit war sie gerade dabei, Gemüse für einen Salat klein zu schneiden, als ihr Handy den Signalton einer eingegangenen Nachricht von sich gab. Sie ließ alles stehen und liegen, schnappte sich das Telefon und ließ sich auf dem Sofa nieder. Die E-Mail hatte Frau Strasser geschrieben. Charlotte las sie einmal, zweimal und ein drittes Mal.

Enttäuscht legte sie das Handy beiseite und schaute in den Garten.

Frau Strassers Recherchen zufolge war Henry ein unbeschriebenes Blatt. Er war 39 Jahre alt, wohnte in der Südstraße 42, was tatsächlich nicht allzu weit vom ‚Törtchen‘ entfernt lag. Von Beruf war er Steuerfachangestellter in einer Sozietät, die ihre Räumlichkeiten ebenfalls in Münsters Altstadt hatte. Er arbeitete nicht in Vollzeit – montags und donnerstags hatte er nachmittags frei, was Charlotte nicht verwunderte. Bei seiner Wohnung handelte es sich um eine Eigentumswohnung, die auf den Namen Walburga Friedrich lief. Die hochbetagte Dame, laut Frau Strassers Recherchen 83 Jahre alt, wohnte auch dort und war Henrys Mutter. Er hatte einen Führerschein, aber kein Auto, keine Vorstrafen, ein Abo im Fitnessstudio, das er aber schon seit Langem nicht mehr besucht hatte, war weder verwitwet noch geschieden, hatte keine Kinder und ein gut gefülltes Konto.

Sie bedankte sich bei Frau Strasser, und während sie ihren Salat aß, dachte sie über das Gelesene nach. Sie war positiv erstaunt über die Person HF und gleichzeitig etwas entsetzt darüber, was anhand so spärlicher Informationen alles von einer Detektei herausgefunden werden konnte. Auch, wenn das Überprüfen von Henry Friedrich nichts Außergewöhnliches ans Tageslicht gebracht hatte, würde sie ihn bei einem seiner nächsten Besuche im ‚Törtchen‘ auf den Zahn fühlen. Irgendetwas stimmte mit ihm doch nicht. Marie hatte ihn gewiss nicht ohne Grund als Stalker bezeichnet oder Ina sogar die Einschaltung der Polizei verlangt. Gut, dass sie mit Ina einen Termin abgesprochen hatte. Es gab so viel zu bereden.

Doch jetzt hatte sie etwas anderes vor: Sie machte sich auf den Weg zu einem Treffen mit ihren beiden Schwestern.

Emma war von ihrem Praktikum in Spanien zurückgekehrt und hatte bestimmt viel zu erzählen. Charlotte freute sich sehr auf die beiden. Die Familie kam in letzter Zeit viel zu kurz. Seit sie undercover als Detektivin arbeitete, waren solche Verabredungen zu Charlottes Leidwesen immer anstrengend, da sie in die Rolle der fleißigen Studentin schlüpfen und sich dazu Geschichten ausdenken musste. Aber sie wollte sich nicht beschweren. Sie hatte es ja so gewollt!

Kapitel 16

Am Samstag arbeitete Charlotte mit Jenny und Heike im ‚Törtchen'. Schon morgens holten Kunden vorbestellte Torten ab oder kamen, um einen Kaffee zu trinken. Es war so gegen halb zwölf, Charlotte belud gerade die Spülmaschine, als sie Jenny hinter sich hörte.

„Ladys, jetzt schaut euch dieses Sahneschnittchen an, das da gerade durch die Tür kommt." Sie seufzte. „Der muss doch mindestens Schauspieler, wenn nicht sogar Modell sein. Heike, Mensch, guck doch mal."

Charlotte hörte nur ein zurückhaltendes und leicht verlegenes „Ja, ja, sieht ganz nett aus".

„Er scheint jemanden zu suchen. Mädels, ich bekomme weiche Knie. Den übernehme ich, o.k.?"

Von schräg unten sah Charlotte, wie Jenny vor Aufregung auf und ab trippelte.

„Lotta, kriech aus der Spülmaschine raus und sieh ihn dir an. Er kommt direkt auf uns zu." Jennys Stimme kippte und klang fast hysterisch.

Wenn es denn sein muss, dachte sich Charlotte, kam aus der Hocke hoch und drehte sich um. Als Erstes sah sie Heikes hochrotes Gesicht und Jennys kessen Blick. Dann sah sie ihn und brach in schallendes Gelächter aus.

Heike und Jenny schauten sie fassungslos an, als ob sie nicht mehr ganz klar im Kopf wäre. Charlotte fing sich nach kurzer Zeit wieder und sagte nur: „Der gehört mir."

Sie grinste.

„Hallo Lotta", sie gaben sich über die Theke hinweg einen Kuss, „interessante Begrüßung."

Er schaute Jenny und Heike an, die verlegen irgendwelche Teller hin- und her sortierten.

„Hallo." Mit seinem charmantesten Lächeln reichte er seine

Hand über die Theke, was sie noch verlegener werden ließ.
„Ich bin Alexander, Lottas Verlobter."

Heikes Kopf schien vor Röte fast zu platzen. Schnell schnappte sie sich ein Tablett und lief einfach los. Jenny reagierte ein bisschen zickig. Als sie an Charlotte vorbeiging, flüsterte sie ihr zu: „So einen will ich auch. Wo hast du den her?"

Charlotte schüttelte den Kopf und lachte in sich hinein. Alexander hatte das ganze Theater um seine Person offenbar gar nicht richtig bemerkt.

„Ich dachte, ich lasse mich heute von meiner Lieblingskellnerin bedienen, die ich nach dem Genuss eines Kaffees vielleicht in ihrer Mittagspause zum Essen einladen dürfte. Was meinst du?"

„Sehr gerne", antwortete sie und machte ihm direkt eine Tasse.

Pünktlich um 12 Uhr verließen sie gemeinsam das ‚Törtchen'. Sie gingen zu ihrem Lieblingsitaliener und bekamen zum Glück noch einen Platz. Den spontanen Besuch von ihrem Liebsten wollte Charlotte nutzen, um mit ihm über ihr Vorhaben in Bezug auf Henry Friedrich zu sprechen. Sie war froh, dass ihr Tisch im Restaurant ganz hinten und sehr ruhig lag.

„Du willst ihm tatsächlich heute nach seinem Besuch im ‚Törtchen' hinterherrennen und ihn auf offener Straße zur Rede stellen?", hakte Alexander nach, nachdem Charlotte ihren Plan für ihr Gespräch mit diesem HF erläutert hatte.

„Wieso nicht?"

„Es scheint ja ein Mensch zu sein, der fast krankhaft an seinem Tagesablauf und seinen Gewohnheiten hängt. Du wirst ihn damit völlig aus der Bahn werfen. Vielleicht sagt er dann gar nichts."

Sie nickte nachdenklich.

87

„Ich an deiner Stelle würde mich einfach zu ihm setzen, wenn er zahlen möchte. Den Überraschungseffekt hast du dann auch auf deiner Seite. Eventuell kommt er mit der Situation besser klar als auf offener Straße zwischen fremden Menschen. Der Stresslevel könnte für ihn zu hoch sein."

„Du hast vermutlich recht." Charlotte nickte nachdenklich. Beim Essen besprachen sie, was Alexander auf dem Markt besorgen sollte, weil sie sonntags gemütlich kochen wollten. Vor dem Café verabschiedeten sie sich mit einem Kuss.

Charlotte grübelte die ganze Zeit über ihr Vorgehen, bis Henry Friedrich eintrat. Da nahm sie sich vor, einfach ihrem Bauchgefühl zu folgen. Lockerlassen würde sie allerdings nicht. Schließlich ging es um Mord.

Jenny und Heike signalisierte sie, dass sie Henry übernehmen würde. Also stellte sie ein Stück Schoko-Orangenlikörtorte, eine Tasse Kaffee und ein Glas Wasser aufs Tablett und trug es zu ihm.

„Hallo Herr Friedrich", sagte sie höflich, „einmal Ihre Lieblingstorte, Kaffee und Wasser. Bitte sehr."

„Vielen Dank", entgegnete er, ohne sie anzusehen.

Charlotte beobachtete ihn. Nachdem er die Hälfte des Kuchenstücks gegessen hatte, legte er die Kuchengabel beiseite – für sie das Signal, zu ihm zu gehen. Sie schnappte sich den zweiten Stuhl am Tisch und setzte sich. Er schaute sie verwirrt an.

„Schmeckt Ihnen die Torte nicht?", fragte sie.

„Es geht so."

„Warum probieren Sie nicht mal etwas anderes?"

„Will ich nicht", erwiderte er knapp.

Charlotte stützte sich mit ihren Ellenbogen auf den Tisch, faltete die Hände und schaute ihn an. Er schaute nur auf seinen Teller mit dem halben Tortenstück.

„Herr Friedrich, wie war eigentlich Ihre Beziehung zur verstorbenen Marie Bürmer?"

Sein Kopf schnellte hoch. Er blickte sie nur kurz an. Dann nahm er einen Schluck Kaffee, als ob er Zeit zum Überlegen brauchte.

„Wieso möchten Sie das wissen?"

Sie überging seine Frage.

„Marie hat Sie anderen gegenüber als Stalker bezeichnet. Was haben Sie ihr angetan?"

„Nichts. Ich habe ihr nichts angetan." Henry Friedrich senkte seinen Kopf und starrte auf seine Hände, die in seinem Schoß lagen.

„Aber Stalker bedeutet doch, dass Sie sie verfolgt haben. Wieso?"

Langsam hob er den Kopf. Sie sah Tränen in seinen Augen.

„Ich wollte mehr."

„Mehr?" Charlotte war angesichts seiner Ehrlichkeit entsetzt. „Mehr? Das glaube ich. Sie war ja auch eine attraktive Frau, nicht wahr?", warf sie ihm provozierend entgegen.

„Ach, nicht dieses ‚Mehr'", er winkte ab, „Männer interessierten sie doch gar nicht." Seine Stimme klang traurig und erschöpft.

Charlotte war so angespannt, dass sie etwas Zeit brauchte, bis sie verstand, was er gesagt hatte. Um die Gesprächspause nicht zu lang werden zu lassen, legte sie nach.

„Was war es dann, von dem Sie ‚mehr' wollten?"

„Mehr Köstlichkeiten aus dem ‚Törtchen', mehr von dem, was sie so perfekt zubereitete." Es sprudelte aus ihm heraus. Tränen liefen ihm über die Wangen, die er mit einem alten Stofftaschentuch abwischte. „Ich bin ihr nach Feierabend gefolgt, um in Ruhe mit ihr über meine Wünsche zu sprechen. Ich wollte gerne regelmäßig Lieferungen vom

‚Törtchen' zu mir nach Hause bestellen können – und zwischendurch mal kleinere Naschereien. Pralinen, Törtchen. Haben Sie jemals ihre Petits Fours probiert? Ich hätte alles bezahlt. Das, was sie mit ihren Händen und Sinnen schuf, war die pure Wonne für mich. Und nicht zu vergleichen mit diesem Abklatsch ihrer Nachfolgerin."

Er stieß den Teller mit dem halben Tortenstück beiseite.

„Und weil sie Ihre Wünsche ablehnte, haben Sie sie umgebracht."

„Was?" Erschrocken schaute er ihr in die Augen. „Selbstverständlich nicht. Sie verstehen das nicht. Sie war wie eine Göttin für mich."

Er schnäuzte in sein Taschentuch und sank in sich zusammen. Leise fuhr er fort: „Mein Alltag ist fürchterlich eintönig. Aufstehen, arbeiten, zu Bett gehen. Nebenbei meine Mutter betreuen. Freunde habe ich auch nicht wirklich. Und dann eröffnete Marie das ‚Törtchen' und veränderte damit mein Leben. Bis ich anfing, ihr nach Ladenschluss zu folgen, war sie immer sehr höflich zu mir. Sie kam ab und an zu mir an den Tisch und erzählte mir von ihrer Arbeit und ihren fantastischen Ideen für neue Kreationen. Es war für mich eine neue Welt. Und alles, was sie machte, war so köstlich – besonders ihre Schoko-Orangenlikörtorte."

Charlotte konnte die Einsamkeit in seinen Worten hören. Sie hatte Mitleid mit ihm, aber sie konnte ihn noch nicht gehen lassen.

„Wie war es für Sie, als Marie Sie abwies? Waren Sie wütend auf sie?"

„Nein, nur enttäuscht. Ich hatte so sehr gehofft, dass sie mich als Stammkunden und, sagen wir, Bekannten mit meinen Vorstellungen akzeptierte. Aber das tat sie nicht."

„Und dann haben Sie einen Termin mit ihr vereinbart und sie aus Verbitterung und Frust getötet."

„Nein, ich habe sie nicht umgebracht. Das habe ich doch bereits gesagt. Was soll das? Wer sind Sie überhaupt, dass Sie solche Fragen stellen?"

Charlotte glaubte ihm. Ihr Gefühl sagte ihr, dass er unschuldig war. Er war nicht dieser HF im Bestellbuch, sondern einfach eine einsame, verzagte Seele, der Maries Konditorenkünste ein bisschen Freude in den Alltag gezaubert haben. Der Gedanke, sein Alibi für den Todestag bei seinen Kollegen in der Sozietät zu erfragen, huschte ihr kurz durch den Kopf. Auch wenn seine freien Nachmittage immer montags und donnerstags waren, hatte er natürlich die Möglichkeit Urlaub zu nehmen oder sich krankzumelden. Pflichtbewusst und gefangen in seiner täglichen Routine, wie er war, glaubte sie aber nicht an so ein Vorgehen und schob diese Idee beiseite.

„Wer sind Sie? Wieso fragen Sie mich all das?", wiederholte er in einem leicht verärgerten Ton.

„Ich bin mit Marie zur Schule gegangen und jobbe zurzeit hier. Ich frage mich nun mal, was passiert ist." Sie hatte einen Entschluss gefasst und sprach weiter. „Ich würde mich freuen, wenn Sie am Montag wieder zu uns kommen würden. Vielleicht könnte eine unserer Konditorinnen, Ina oder Veronika, mit Ihnen sprechen und Sie könnten gemeinsam das Rezept der Schoko-Orangenlikörtorte verfeinern, um möglichst nahe an Maries heranzukommen. Dann müssten Sie auch nicht immer ein halbes Stück stehen lassen. Was meinen Sie?"

Sein aufkeimender Ärger schien nach ihren Worten fast verflogen, stattdessen sah sie Freude in seinen Augen.

„Meinen Sie, dass das möglich ist? Das wäre ganz wunderbar", sagte er gerührt und rückte seine Brille zurecht.

91

Am Montag kam Henry Friedrich tatsächlich wieder ins ‚Törtchen'. Charlotte hatte zwischen Tür und Angel mit Ina über sein Anliegen gesprochen, sodass die Konditorin sich ein wenig Zeit nahm, um mit ihm das Rezept der Schoko-Orangenlikörtorte zu besprechen. Charlotte arbeitete zwar noch nicht lange im Törtchen und hatte Henry noch nicht so häufig gesehen, aber an diesem Tag sah er glücklich aus.

Kapitel 17

Kaum hatte Charlotte geklingelt, öffnete Ina die Hintertür zum ‚Törtchen', begrüßte sie herzlich und ging mit ihr zusammen ins Café. Normalerweise herrschte um diese Uhrzeit am späten Nachmittag Hochbetrieb. Jetzt war es ganz ruhig. Ina hatte eine Kerze auf dem Tisch angezündet und ein paar süße Kleinigkeiten hingestellt.

„Kaffee?" Sie schaute Charlotte fragend an.

„Ja, gerne. Aber den kann ich mir auch selbst holen."

„Bleib bitte sitzen."

Charlotte war froh zu sehen, dass es Ina langsam besser ging. Sie hatte wieder etwas mehr Farbe im Gesicht und lachte auch häufiger.

„Was war das für eine merkwürdige Aktion mit unserem Stalker und der Schoko-Orangenlikörtorte?", fragte sie, als sie die vollen Kaffeebecher vor sie hinstellte.

„Tja, wo fange ich an?" Charlotte spielte mit ihrem Kaffeelöffel und blickte nachdenklich auf ihren Kaffee. „Also, es gibt da ja diesen dicken Terminkalender, den Marie für alle möglichen Eintragungen genutzt hat. Und dieses Bestellbuch hat ein bisschen Schwung in die Ermittlungen gebracht, bislang allerdings ohne nennenswerte Ergebnisse."

Sie berichtete, was Mia und Paul ihr zu den Abkürzungen und der Gesamtführung des Kalenders erzählt hatten.

„Dann wissen meine Mitarbeiter mehr als ich über Maries kryptische Notizen", schob Ina ein.

Den Abschluss von Charlottes Zusammenfassung zu dem Buch bildete der Termin vor Jules und ihrem Besuch an Maries Todestag.

„Warte kurz. Ich hole den Kalender und zeige es dir."

Charlotte legte das Buch auf den Tisch und suchte die relevante Stelle.

„Siehst du? Hier? Das sind doch eindeutig die Buchstaben H und F, oder?"

Ina nickte zustimmend.

„Weißt du vielleicht, was sie bedeuten?"

„Tut mir leid, ich habe keine Ahnung. Ich war an dem Nachmittag in der Saune. Bei dem Wetter und der vielen Arbeit tut mir die Wärme unglaublich gut. Und wofür hat man denn Freizeit? Was Marie an Terminen hatte, weiß ich nicht."

Sie nippte an ihrem Kaffee.

Charlotte versuchte, sich ihre Erleichterung nicht anmerken zu lassen. Die Geschichte mit dem unerwähnten Streit zwischen Ina und Marie am Morgen des Todestags hatte ihr die ganze Zeit schwer im Magen gelegen. Jetzt hatte sie ihre Antwort bekommen, ohne überhaupt danach fragen zu müssen. Glücklich über diese neue Erkenntnis erzählte sie weiter, dass sie Henrys vollständigen Namen herausgefunden hatte. „Henry Friedrich. HF."

Ihrem Bauchgefühl nach hatte er allerdings wahrheitsgemäß berichtet, warum er Marie des Öfteren gefolgt war – nur der Törtchen wegen! Insgesamt hatte Charlotte den Eindruck, dass er in diesem Fall keine Rollte spielte.

„Er tut mir sogar ein bisschen leid. Sein Leben scheint einsam zu sein und seine Schoko-Orangelikörtorte und die Besuche im ‚Törtchen' die einzigen Lichtblicke. Daher habe ich dich auch gebeten, mit ihm über das Rezept zu sprechen."

„O.k. ich verstehe. Er hatte tatsächlich ein paar ganz gute Anmerkungen, die die Torte interessanter machen könnten."

„Tja, jetzt stehen wir leider weiterhin vor dem Rätsel, wer oder was HF ist. Wenn du eine Vermutung hast, nur raus damit."

„Es gibt eine Konditorei in Münster, die in Konkurrenz zum ‚Törtchen' steht. Die Konditorei Funke. Marie hat sich immer darum gekümmert, mögliche Mitbewerber in Schach zu halten. Wie der Inhaber mit vollem Namen heißt, kann ich dir leider nicht auswendig sagen, das müssten wir nachschauen."

„Das können wir ja später noch machen. Ich hätte noch zwei Möglichkeiten, die jedoch vermutlich mehr als unwahrscheinlich sind."

Sie erzählte von Frau Blume und ihrem haltbaren Fondant – HF. Vielleicht hatte Marie mit der Vertreterin ein Gespräch geführt, das eskaliert war.

„Das kann ich mir nicht vorstellen", warf Ina ein.

„Ich auch nicht so wirklich. Aber wir müssen alles in Betracht ziehen."

Als Nächstes sprach sie das Thema Oskar und ihren Haschischfund – HF – an.

„Wusstest du, dass Marie ihn auch schon beim Dealen erwischt hatte?"

„Ja, das hat sie mir mal erzählt. Allerdings war sie für unsere Angestellten verantwortlich. Das wollte sie so." Ina schluckte hörbar.

„Hast du in den letzten Tagen was von Oskar gehört?"

„Nein, nichts. Er hat sich nur krankgemeldet – auf unbestimmte Zeit. Die anderen Servicekräfte haben versucht, ihn zu erreichen, doch er scheint weder ihre Nachrichten zu lesen noch nimmt er Anrufe entgegen. Dass er fehlt, gerade jetzt, wo die Vorbereitungen für die ‚Backfein' anstehen, ist echt ungünstig. Er hat seinen Job gut gemacht."

„Kannst du dir vorstellen, dass er Marie umgebracht hat?"

Ina schaute sie ungläubig an, daher führte Charlotte weiter aus. „Du glaubst nicht, wie aggressiv er wurde, als ich ihn zur Rede gestellt habe."

„Ehrlich gesagt, war Oskar für mich eine ganz besondere Kraft im Café, weil er seine Arbeit so ruhig und zuverlässig erledigt hat. Ich glaube nicht, dass er zu so etwas fähig wäre."

Beide schwiegen, tranken Kaffee und aßen von den süßen, bunten Macarons, die vor ihnen standen.

Charlotte durchbrach die Stille.

„Hat sich eigentlich schon irgendwer Maries persönliche Sachen angeschaut? Wo hat sie überhaupt gewohnt?"

Wieder schluckte Ina schwer. Tränen traten in ihre Augen.

„Bei mir", flüsterte sie.

Charlotte brauchte einen Moment, bis sie endlich verstand. Auf einmal ergab Henrys Bemerkung zum Thema Marie und Männer Sinn.

„Marie war deine Freundin?"

Ina nickte.

Charlotte spürte einen Kloß im Hals. Sie legte ihre Hand auf Inas Arm und flüsterte: „Das wusste ich nicht. Es tut mir so leid."

„Ja, sie war meine Lebensgefährtin. Seit über sieben Jahren waren wir ein Paar, auch wenn das kaum jemand wusste. Unser Privatleben war unser Privatleben, wir haben es nicht nach außen getragen. Das ‚Törtchen' haben wir uns gemeinsam aufgebaut. Hier waren wir geschäftliche Partnerinnen, wobei Marie fürs Marketing und alles Kreative zuständig war. Du glaubst nicht, was sie für tolle Ideen hatte und mit welcher Energie sie diese umgesetzt hat." Sie wischte sich die Tränen von den Wangen. „Nach ihrem Tod ist alles auf mich eingestürzt. Die Weiterführung des ‚Törtchens', unseres gemeinsamen Werks, stand für mich außer Frage, aber es kostet unendlich viel Kraft ohne sie."

Sie schluchzte leise und zog ein Taschentuch aus ihrer Hosentasche.

96

„Marie war die Liebe meines Lebens. So richtig weiß ich immer noch nicht, wie es überhaupt weitergehen soll. Ich laufe im Hamsterrad erst mal einfach nur mit."

„Das ist wirklich ein schlimmer Verlust. Wenn ich etwas für dich tun kann, sag es mir bitte."

Charlotte ließ das Schweigen, das sich zwischen ihnen ausbreitete, zu. Nach einer Weile hob Ina den Kopf und schaute sie an.

„Ich fange gerade an, Maries Dinge in unserer Wohnung zu sortieren. Sollte ich irgendetwas finden, was dir helfen könnte, ihren Tod aufzuklären, sage ich es dir sofort."

Sie trank einen Schluck Kaffee.

„Es ist für mich ein gutes Gefühl zu wissen, dass du dich der Aufklärung angenommen hast. Dafür danke ich dir schon jetzt. Niemals, niemals wäre Marie so unordentlich und so ungeschickt gewesen."

„Gut", sagte Charlotte vorsichtig, „dann lass uns herausfinden, was oder wer hinter HF steckt. Bis heute weiß ja niemand, außer einem kleinen Kreis, was ihr zugestoßen ist. Das müsste helfen."

Sie machte eine Pause, dann sagte sie: „Mir liegt noch ein anderes Thema auf dem Herzen – ich habe eine ganz große Bitte an dich, Ina."

„Oh, was kommt denn jetzt noch?" Ina schaute erschrocken.

„Keine Angst, nichts Schlimmes" – Charlotte bemühte sich um einen aufmunternden Ton –, „du weißt ja, dass Alexander und ich bald heiraten. Darf ich dich beauftragen, die Hochzeitstorte für uns herzustellen? Ich würde mich unglaublich darüber freuen."

Ein Lächeln umspielte Ina Steinkers Augen.

„Aber selbstverständlich. Sehr gerne."

Vor Erleichterung atmete Charlotte tief aus.

97

„Ich habe auch bereits eine ausgesucht aus all den Fotos, die Marie mir zugeschickt hat. Die Perlentorte soll es werden."

„Wie schön!" Ina klatschte in die Hände. „Die ist ganz besonders und sieht total edel aus. Gute Wahl. Dann müssen wir nur noch besprechen, welche Tortenböden und welche Beläge dazwischen ihr euch wünscht und womit die Perlen gefüllt werden sollen. Das wird ganz wunderbar."

Sie schaute zur Theke und schien etwas zu suchen.

„Wollen wir die Details gleich abklären und festhalten? Ich hole etwas zu schreiben."

„Es muss nicht sofort sein. Wir haben ja noch etwas Zeit. Zwischen der ‚Backfein' und unserer Hochzeit liegen drei Wochen."

„Stimmt", entgegnete Ina. „Wir machen es nach der Messe. Ein Schritt nach dem anderen. Für die Messe ist noch unendlich viel vorzubereiten. Ich bin so froh, dass ich Veronika gefunden habe. Sie ist wirklich eine liebe Person und hilft, wo sie nur kann. Ohne sie wäre das alles nicht möglich. Während wir zwei auf der Messe und beim Wettbewerb sind, hält sie hier mit den anderen Servicekräften die Stellung. Irgendwie schaffen wir das."

Überrascht schaute Charlotte sie an. Ina grinste.

„Das hast du richtig gehört: Du – und nur du – wirst meine rechte Hand bei der ‚Backfein' sein. Morgen starten wir mit den Vorbereitungen hier vor Ort. Dann geht es an den Aufbau und die Gestaltung unseres Messestandes, mit dem wir das ‚Törtchen' präsentieren dürfen. Und beim Wettbewerb benötige ich auch deine Unterstützung – zumindest mental. Warte mal, da fällt mir gerade etwas ein."

Sie stand auf und verschwand in der Backstube. Als sie zurückkam, hatte sie einen aufgerissenen Briefumschlag in der Hand. Sie setzte sich und zog einen Briefbogen heraus.

98

„Alle Teilnehmer des Wettbewerbs haben ein Schreiben erhalten, auf dem die Mitstreiter genannt sind. Wie heißt denn wohl der Konditor unseres Münsteraner Konkurrenten Funke?"

Sie fuhr mit dem Finger über das auseinandergefaltete Blatt.

„Ah, hier steht es. Konditorei Funke – Teilnehmer: Hubertus Funke."

„HF", sagte Charlotte.

Die beiden Frauen blickten einander an.

Kapitel 18

In den folgenden Tagen hatte das Team vom ‚Törtchen' alle Hände voll zu tun. Mia, Jenny, Heike und Paul schmissen den Betrieb im Café. Obwohl Oskar und Charlotte im Service fehlten, gab es kein böses Wort. Alle wussten, wie wichtig die Teilnahme an der ‚Backfein' fürs ‚Törtchen' und besonders für Ina war.

Veronika leistete hervorragende Arbeit und meisterte die Routine komplett alleine. Damit hatten Ina und Charlotte den Rücken frei, um sich voll auf die Messevorbereitung zu konzentrieren.

Charlotte tauchte in die Welt der Konditorei ein und saugte alle Informationen auf, so gut es in der relativ kurzen Zeit ging. Während sie versuchte, nach ihren Möglichkeiten Ina handwerklich bei der Herstellung diverser Köstlichkeiten zu unterstützen, stellte sie Fragen zu allem, war ihr einfiel.

„Was ist eigentlich der Unterschied zwischen Pralinen und Konfekt?"

Sie war gerade dabei, die frisch produzierten Pralinen in kleine Papierschachteln zu legen, um sie anschließend zu verschließen und mit hübschen Etiketten zu versehen. Es war bereits ein stattlicher Berg an pastellfarbenen Schachteln auf dem Rollwagen zusammengekommen.

„Konfekt ist ein Produkt, das den Pralinen schon sehr ähnlich ist. Es hat allerdings einen viel geringeren Schokoladenanteil. Bei Pralinen hast du Schokolade, die gefüllt wird – zum Beispiel mit Nougat, Nüssen, Pistazien, Likör oder auch Früchten."

Ina erklärte ihr diese Dinge ausführlich und mit viel Ruhe.

„Beim Konfekt handelt es sich um feine Zucker- und Backwaren, also mehr Kleingebäck. Dazu gehören etwa Petits Fours, kandierte Früchte, Marzipan-Konfekt und Fondants.

Das werden wir auch noch für den Verkauf auf der Messe herstellen und abpacken."

Die Zeit verging wie im Flug. Das, was länger haltbar war, wurde als Erstes gefertigt. Alles, was das ‚Törtchen' auf der Messe verkaufte, sollte natürlich mindestens so gut schmecken, wie es aussah.

Zwischendurch wurden Einkaufskörbe und große Kartons gefüllt, nicht nur mit den hergestellten Produkten, sondern auch mit Backutensilien, die bei der Herstellung benötigt werden. Ina hatte sich vorgenommen, nicht nur süße Köstlichkeiten anzubieten, sondern auch ein bisschen die Werkzeuge eines Konditors zu präsentieren.

Ein Paket wurde angeliefert, das einen großen Aufsteller mit der Aufschrift ‚Törtchen' enthielt. Es war derselbe schöne pinke Schriftzug wie auf dem Lieferwagen.

Sie backten Cupcakes, Kuchen, Cakepops, kleine Törtchen, Cookies und alles, was man in einer guten Backstube zaubern konnte. Der Kühlraum, soweit die Waren denn gekühlt gelagert werden mussten, barst fast aus allen Nähten.

Charlotte war froh, dass sie die ganzen Tage über in Bewegung war. Das süße Naschen zwischendurch würde die Schneiderin beim Anpassen ihres Hochzeitskleides sonst zur Verzweiflung bringen.

Es wurde bis spät in den Abend gearbeitet und alle halfen mit. Auch wenn Charlotte Alexander kaum zu Gesicht bekam: Ihr machte es unglaublich Spaß, in so einem netten Team zu arbeiten. Sie lachten viel und manchmal flog auch die eine oder andere Marzipankugel durch die Luft. Es schien fast vergessen, welche Tragödie sich vor nur wenigen Wochen in der Backstube abgespielt hatte. Im Fokus stand die ‚Backfein'.

Und dann kam der Tag, an dem die Messetüren für die Aussteller geöffnet wurden. Sie hatten genau diesen einen Tag, um ihren Stand herzurichten. Nachdem sie den ersten Schwung zusammen ausgeladen und in die Halle geschleppt hatten, blieb Ina vor Ort, packte aus und fing an, den Stand einzurichten. Charlotte fuhr mit dem Lieferwagen zum ‚Törtchen' zurück und holte eine weitere Ladung. Mit dem Ausstellerausweis, den sie bei der Anmeldung am Morgen bekommen hatte, gelangte sie problemlos immer wieder auf das Messegelände.

Es herrschte reger Betrieb. Voll beladene Lastwagen brachten vom neuesten Backofen bis hin zu Gewürzen, Standregalen und anderen Messeaufbauten alles, was das Konditor- und Naschwerkliebhaber-Herz begehrt.

Bei der Buchung des Messestandes hatte Marie eine schöne Ecke für das ‚Törtchen' in der Messehallte zur Präsentation ausgesucht. Sie hatten Glück, dass sie die Kartons und andere Dinge mit der Sackkarre nicht allzu weit transportieren mussten. Auf die Kisten, die Charlotte trug, warf Ina nur einen Blick und konnte ihr anhand der Beschriftung direkt sagen, wo sie sie hinstellen sollte.

Charlotte war gerade unter den Tisch gekrochen, um dort die Schachteln mit Backutensilien zu sortieren, wie ihr Ina aufgetragen hatte. Da hörte sie ein Räuspern. Sie fühlte sich nicht angesprochen und arbeitete weiter.

„Mein liebes Kind?!"

Erschrocken fuhr sie hoch. Dabei stieß sie mit voller Wucht unter die Tischplatte. „Autsch! Verdammt!", entfuhr es ihr. Sie rieb sich die Stelle am Kopf und kroch hervor. Langsam richtete sie sich auf und sah sich einem älteren Herrn gegenüber, der sie fragend anschaute.

„Mein liebes Kind", wiederholte er, „ich hoffe, Ihr Kopf schmerzt nicht zu sehr. Sie sind Mitglied welchen Teams?"

Charlotte musterte den Mann. Er war groß, grauhaarig und hatte einen Schnäuzer mit hochgezwirbelten Enden. Dazu passte der elegante, marineblaue Anzug mit zartem Karomuster. Unter dem Sakko trug er eine Weste, in deren kleiner Tasche er offenbar eine Taschenuhr stecken hatte. Ein goldenes Kettchen hing von einem Knopfloch der Weste befestigt bis in die Tasche hinein.

„Meine Liebe, zu welchem Team gehören Sie?" Sein Ton war immer noch freundlich, doch etwas ungeduldiger.

„Wie? Ach ja", sagte Charlotte etwas verwirrt. „Ich gehöre zum ‚Törtchen'."

„Oh!" Überrascht zog er die Augenbrauen hoch und musterte sie. „Das ‚Törtchen'."

Plötzlich schloss er die Augen und seine Hände bewegten sich, als würde er ein sanftes Lied dirigieren. „Köstliche Macarons, vorzügliche Sahnetorten, die wohl besten Petits Fours in Münster." Er seufzte und öffnete die Augen. „Und diese ungenießbare Konditormeisterin Marie Bürmer", schloss er seine Ausführungen ernüchternd.

„Die ist leider verstorben."

„Bedauerlich. Sehr bedauerlich. Wie konnte das passieren? Das tut mir sehr leid, Kindchen", sagte er mitfühlend, wollte aber offenbar keine Antwort hören. Stattdessen interessierte ihn etwas anderes. „Wer führt denn jetzt die Konditorei?"

„Ina Steinker."

„Wer ist Ina Steinker? Den Namen habe ich noch nie gehört. Nun ja, ich wünsche Ihnen alles Gute."

Er machte auf dem Absatz kehrt und ging davon.

„Vielen Dank", murmelte Charlotte und wusste nicht recht, was sie zu diesem Auftritt sagen sollte. Er hatte sie vollkommen aus dem Konzept gebracht – wo war sie stehen geblieben?

Ina kam mit einem weiteren Karton in den Händen zu ihrem Platz und sah Charlotte fragend an.

„Ist alles in Ordnung?"

„Ja. Alles o.k." Charlotte strich sich eine Strähne aus dem Gesicht. „Ist dir gerade ein älterer Gentleman in kariertem Anzug mit Schnäuzer entgegengekommen?"

Ina verdrehte die Augen.

„Du meinst Karl den Großen?"

Charlotte nickte schmunzelnd.

„Der Name würde passen. Wer ist das?"

„Karl Theodor zu Wolfsberg. Ein renommierter Konditor mit exquisitem Ruf. Seine Konditoreien sind weltberühmt. Die VIPs unserer Zeit kehren bei ihm ein und genießen köstliche Leckereien. Wobei er selbst schon seit Langem nicht mehr Vollzeit in der Backstube steht. Es sei ihm gegönnt. Er ist Mitglied der Wettbewerbsjury und hat den Ruf, nur allzu gerne Konditoren abzuwerben – gerade, wenn sie einen solchen Wettbewerb gewonnen haben. Du warst hoffentlich nett zu ihm?"

„Ich habe mir so dermaßen den Kopf gestoßen, dass mir diese Begegnung im Nachgang gerade wie eine Begegnung der dritten Art vorkommt."

Über diese Bemerkung mussten beide lachen.

Charlotte verließ die Messehalle, um noch ein paar Kleinigkeiten aus dem Lieferwagen zu holen. Auf dem Weg dorthin schrieb sie nebenbei eine Nachricht an ihre Schwester Emma. Als sie auf den Parkplatz kam, fiel ihr auf, dass kurz hinter dem Lieferwagen vom ‚Törtchen' ein schwarzer Sportwagen geparkt hatte. Da würden sich die anderen Anlieferer aber bedanken, dass direkt hinter ihrer Ladefläche ein Auto stand. Sie ging auf die Fahrerseite des Lieferwagens zu und erfreute sich mal wieder an dem schönen

Schriftzug. Sie hatte extra, wie von den Ordnern gefordert, mit der Kühlerhaube ganz nah an der Hallenwand geparkt. Charlotte war schon fast beim Auto, da hörte sie ein lautes Geräusch. Pfffft! machte es. Sie wusste sofort, was das war. „Hey, was ist hier los?", rief sie.

In dem Moment sah sie einen Mann in Jeans und T-Shirt in den Sportwagen springen. Er schlug die Tür zu und startete. Zum Glück konnte er nicht allzu schnell fahren, da auf dem Parkplatz reger Betrieb herrschte. So schnell wie möglich schlängelte er sich hindurch. Geistesgegenwärtig rannte Charlotte hinterher und machte mit ihrem Handy ein Foto vom Heck des dunklen Wagens.

Danach ging sie zurück und schaute erst auf die Reifen des neben ihnen parkenden Fahrzeugs. Die waren alle unversehrt. Dann drehte sie sich zum ‚Törtchen'-Lieferwagen um: Der Vorderreifen hatte keine Luft mehr. Das war doch nicht möglich! Wer machte denn so was?

Ein fröhliches Pfeifen näherte sich – Ina war auf dem Weg zu ihr. Die Abwechslung, die die Messe vom Alltag bot, schien ihr gutzutun. Und jetzt das. Beim Wagen angekommen, sah Ina sofort den platten Reifen an der Beifahrerseite.

„Was ist denn hier passiert?"

„Tja, jemand hat uns den Reifen zerstochen."

„Was? Wer?"

„Das kann ich dir noch nicht sagen. Es war ein Mann und er ist direkt vor meinen Augen geflüchtet. Zum Glück hatte ich mein Handy in der Hand und konnte ein Foto von seinem Fahrzeug machen."

Sie öffnete das Bild.

„Hoffentlich ist das Autokennzeichen zu erkennen. Mmmh. Ich zoome mal etwas hinein. Was meinst du?"

Ina nahm das Handy und schaute genau hin: „MS-BF-1103."

„Ja, das lese ich auch. Da werde ich gleich mal meinen Arbeitgeber kontaktieren und ihn um Unterstützung bitten."

Ina raufte sich die Haare und sagte unglücklich: „Wir sind heute wirklich auf den Lieferwagen angewiesen. Weißt du, wie man einen Reifen wechselt?"

„Klar doch", erwiderte Charlotte, „aber arbeitet Paul nicht heute? Vielleicht kann er kurz rüberkommen und uns helfen. Dann können wir weiter auspacken."

„Gute Idee."

Charlotte streckte ihr das Handy entgegen, damit Ina im Café anrufen konnte. Als sie aufgelegt hatte, runzelte sie die Stirn.

„Wer in aller Welt zersticht uns einen Reifen? Unverschämtheit. Denkst du, dass du herausbekommst, wer das war?"

„Ich schicke gleich eine kurze Nachricht an die Detektei Phönix, inklusive Foto. Und ich gehe davon aus, dass wir relativ schnell einen Namen haben werden."

„Gut. Paul ist auf dem Weg. Mia und Jenny werden es für die Zeit alleine im Café schaffen, auch wenn Freitagnachmittag ist. Lass uns weiter ausladen. Das Reserverad ist eh unter der Ladefläche."

Paul erwies sich als versierter Reifenwechsler, sodass Charlotte ihn und sein Fahrrad bereits kurze Zeit später zurück zum ‚Törtchen' fahren konnte. Dort luden sie das Fahrzeug ein letztes Mal voll und sie kam zur Messehalle zurück.

Der Tag verging wie im Flug. Ina und Charlotte sprachen zwischendurch immer wieder den Reifenstecher an. Keine war auf die Idee gekommen, wegen mutwilliger Sachbeschädigung und Fahrerflucht die Polizei zu rufen. Zu wichtig war es ihnen, den Tag ohne weitere Störungen zu nutzen und einen tollen Messestand zu gestalten. Darauf konzentrierten sie sich. Am Abend hatten sie es geschafft. Erschöpft und zufrieden kamen sie beim ‚Törtchen' an und setzten sich ins bereits geschlossene Café. Ina stand noch mal auf und holte eine Flasche Sekt.

„Ein halbes Gläschen trinkst du mit, oder?", fragte sie Charlotte.

„Aber sicher doch." Charlotte grinste.

Sie unterhielten sich schon eine Weile über den weiteren Ablauf, als plötzlich Charlottes Handy klingelte.

„Ah, das ist mein Chef, Jochen Räsner. Sicher hat er Informationen zu dem schwarzen Sportwagen und seinem Inhaber."

Sie ging dran und lauschte staunend. Zum Abschluss des Gesprächs sagte sie: „Besten Dank für die Details, Jochen. Schicke mir gerne die Daten noch mal aufs Handy. Du hast mir damit sehr geholfen. Schönen Abend. Tschüss."

Sie legte auf und schaute Ina verwirrt an.

„Du glaubst nicht, wem das Auto gehört, mit dem der Typ weggefahren ist."

„Na sag schon", drängelte Ina sie.

„Der Wagen ist zugelassen auf HF: diesen Hubertus Funke, Inhaber der Konditorei Funke und ebenfalls Aussteller auf der ‚Backfein'. Geburtsdatum, Familienstand, Kinder, Fotos und alles, was mein Chef über ihn gefunden hat, wird er mir zumailen."

„Das gibt's doch nicht", rief Ina empört.

„Hubertus Funke – der Name stand doch in dem Brief an die Aussteller, den du bekommen hast, oder?", versuchte Charlotte sich zu erinnern.

„Ja, genau. Hubertus Funke ist, oder besser gesagt war der größte Konkurrent vom ‚Törtchen'. Marie hat so intensives und zum Teil fast aggressives Marketing für uns betrieben,

107

dass nicht viel von seiner Konditorei übrig geblieben sein dürfte. Habe ich zumindest gehört. Marie war da knallhart. Ich selbst habe mich nie mit ihm beschäftigt."

„Könntest du dir vorstellen, dass er etwas mit Maries Tod zu tun hat? Neid und vielleicht Verzweiflung sind nicht zu unterschätzende Motive."

Ina dachte lange darüber nach. Schließlich antwortete sie. „Ich weiß es nicht. Mord unter Kollegen? Ich mag mir das gar nicht vorstellen." Sie schüttelte sich und trank noch einen Schluck Sekt.

„Während der Messe, also vor dem Wettbewerb, herrscht bestimmt auch mal etwas Leerlauf an unserem Stand. Dann werde ich mir Hubertus Funke mal ansehen und ihn beobachten. Vielleicht kann ich auf diese Weise etwas herausfinden."

„Warum hat er das getan, frage ich mich die ganze Zeit." Ina konnte es nicht glauben.

„Da er sich nur unseren Lieferwagen vorgenommen hat, sollte das wohl eine Nachricht sein", sagte Charlotte überzeugt.

„Versprich mir eins", sagte Ina und schaute sie intensiv an. „Egal, was du machst, pass auf dich auf. Bitte."

Kapitel 19

Als sich die Messetore am Samstagmorgen öffneten, hatten Ina und Charlotte nicht mit einem solchen Besucheransturm gerechnet. Die Menschen schoben sich durch die Gänge und blieben in großen Trauben vor den Ständen stehen, bevor sie sich weitertreiben ließen. Das ‚Törtchen‘-Team hatte alle Hände voll zu tun. Ina übernahm die Interessierten mit den Fachfragen und führte die Fachgespräche. Charlotte verkaufte, legte in den Auslagen Ware nach, reichte Ordner mit Fotos von Torten und sonstigem Gebäck herum und versuchte, so gut es ging, vermeintlich einfache Fragen zu beantworten.

Es blieb kaum Zeit, zur Toilette zu gehen, geschweige denn etwas zu essen oder zu trinken. Einige Besucher sprachen ihr Mitleid zu Maries Tod aus, was Ina an so einem Tag kurzzeitig ein bisschen aus der Bahn warf. Alles in allem kamen sie mit dem interessierten Publikum aber gut zurecht.

Während einer kleinen Atempause flüsterte Charlotte Ina ins Ohr: „Wenn es die ganze Woche so weitergeht, überlebe ich das nicht." Sie nahm ihre Wasserflasche und trank hastig ein paar Schlucke.

„Marie hatte mir letztes Jahr gesagt, dass das Eröffnungswochenende sehr anstrengend war. Sie hatte extra zwei Aushilfen aus dem Café für die ersten beiden Tage mitgenommen."

Ina nutzte die kurze Pause und biss beherzt in ein belegtes Brötchen.

„Irgendwie schaffen wir es schon", sagte Charlotte aufmunternd und klatschte in die Hände. Dann ging sie auf den nächsten Besucher zu, der sich voller Begeisterung die Petits Fours anschaute.

In der Mittagszeit wurde es etwas ruhiger. Ina hatte sich kurz verabschiedet, um eine Pommes zu essen. Danach wollte Charlotte Mittagspause machen.

Zum ersten Mal seit dem Morgen bot sich die Gelegenheit, von ihrer Position aus die Nachbarn in Augenschein zu nehmen. Sie spähte neugierig zu dem Stand schräg gegenüber, der Backformen aller Art präsentierte, als sie im Gang einige Meter entfernt einen Mann mit einer schweren Kamera auf der Schulter sah. Das Fernsehen war also auch vor Ort. Der Mann richtete die Kamera auf zwei junge Frauen, die offenbar gerade interviewt wurden. Ein zweiter Mann hielt ein großes Mikrofon in der Hand, in das abwechselnd er und eine der Frauen sprachen.

Charlotte stutzte. Sie sah den Reporter zwar nur im Profil, aber irgendwoher kam er ihr bekannt vor. Er trug eine lässige Jeans, Sneaker und dazu einen schwarzen Pullover. Sein braunes Haar war nach ihrem Geschmack etwas zu lang, aber es stand ihm.

Als sie mit dem Interview fertig waren, schweifte der Blick des Reporters über die Stände und den Gang hinunter. Plötzlich wandte er sich nach Charlotte um. Er schien zweimal hinzuschauen – genau wie Charlotte. Ein Grinsen machte sich auf seinem Gesicht breit und er kam auf sie zu.

„Das gibt's doch nicht! Lotta Kemburg!", rief er und reichte ihr die Hand.

„Ben? Ben Schlüter?" Sie schüttelte seine Hand. „Du bist Journalist geworden?"

Gerade noch rechtzeitig war ihr der Name ihres ehemaligen Klassenkameraden aus der Grundschule eingefallen.

„Ja, genau", entgegnete er, „ich bin hier mit meinem Kameramann Daniel und berichte für eine lokale Sendung von der ‚Backfein'. Und du?"

Er schaute sie mit einem Strahlen in den Augen an, bis er

hinter ihr den großen Aufsteller vom ‚Törtchen' sah. In diesem Moment verdunkelte sich sein Blick.

„Du arbeitest fürs ‚Törtchen'?", fragte er weit weniger fröhlich. Charlotte entging der Stimmungswechsel nicht.

„Nur als Aushilfe", erklärte sie, „ich habe mein zweites Jura-Staatsexamen in der Tasche und schiebe noch ein kurzes Studium Kriminologie hinterher. Und zwischendurch jobbe ich halt ein wenig."

„Ach so." Seine Stimmung hellte sich wieder etwas auf. „Du, wir müssen leider gleich weiter, aber was hältst du davon, wenn wir uns der alten Zeiten willen mal abends treffen? Wie sieht es bei dir mit Mittwoch aus? 20 Uhr im ‚Wolkenbruch' am Hafen?"

„Gerne", lächelte Charlotte, „ich trage es mir gleich im Kalender ein."

Beide zogen ihre Handys aus der Hosentasche und notierten sich den Termin.

„Mensch, ich freue mich, dich hier getroffen zu haben. Was für ein Zufall. Bis Mittwoch, Lotta!"

„Bis Mittwoch, Ben. Tschüss."

Ben und sein Kameramann hatten soeben den Stand verlassen, als Ina zurückkam.

„Kennst du etwa jemanden von der Presse?", fragte sie neugierig.

„Du wirst es nicht glauben, aber das war ein Klassenkamerad von Marie und mir aus der Grundschule."

Charlotte schaute den beiden Männern nachdenklich hinterher.

„Was ist?"

„Ben heißt der Mitschüler. Marie hatte ihm damals einen Spitznamen gegeben. Er will mir aber partout nicht einfallen. Ich weiß nur noch, dass Ben ganz schön darunter leiden musste. Kinder können grausam sein."

Sie drehte sich zu Ina um.

„Und ich habe ein Date mit ihm, von dem Alexander nicht begeistert sein wird. Wir sehen uns im Augenblick wirklich fast gar nicht. Na ja, was soll's. Es kommen auch wieder andere Zeiten."

„Jetzt gehst du erst mal mittagessen. Hopp, hopp", forderte Ina sie auf.

Das ließ sich Charlotte nicht zweimal sagen.

Am Montagmorgen war es sehr ruhig auf der Messe. Nach dem Trubel des Wochenendes konnten die Aussteller sich etwas entspannen und das Chaos der letzten beiden Tage an ihren Ständen beseitigen. So machten es auch Ina und Charlotte. Sie entsorgten leere Kartons, füllten die Ständer mit den Flyern auf und rückten die Auslage zurecht.

Nebenbei unterhielten sie sich über Alexanders Reaktion darauf, dass Charlotte in der Messewoche diesen Ben treffen würde. Da ihren Verlobter rein gar nichts mehr wunderte, hatte er es ganz entspannt aufgenommen. Ihr Gespräch wurde durch ein fröhliches „Guten Morgen" gestört. Das zweite „Guten Morgen, Frau Steinker" klang eindeutig überfreundlich und zuckersüß.

Sie drehten sich um und schauten in das Gesicht von Cordula Blume.

„Hallo Frau Steinker, hätten Sie einen Moment Zeit für mich?"

Cordula Blume war heute nicht ganz so farbenfroh gekleidet wie bei ihrem Besuch im ‚Törtchen'. Mit einem schwarzen Bleistiftrock und einer waldgrünen Bluse wirkte sie fast dezent, wären da nicht die übergroßen schimmernden Ohrringe.

Ina ging zu ihr, ihre Miene drückte wenig Begeisterung aus.

„Hallo Frau Blume. Womit kann ich Ihnen helfen?"

112

„Die Frage ist doch eher: Womit kann ich Ihnen helfen? Ich würde Sie gerne zu einem Kaffee einladen und mich mit Ihnen unterhalten. Wäre das möglich?"

„Können wir machen. Aber ich habe nicht allzu viel Zeit", antwortete Ina knapp. „Ich muss noch kurz etwas mit meiner Kollegin klären, einen Moment bitte."

Nachdem die zwei abgesprochen hatten, was noch zu erledigen war, flüsterte Charlotte: „Sei vorsichtig. Die Frau ist eine Schlange. Und denke an HF."

„Mache ich."

Charlotte sah den beiden nachdenklich hinterher.

Kapitel 20

Ina und Frau Blume setzten sich in einem der Bereiche, in denen es Essen und Getränke gab, an ein wackeliges Tischchen. Frau Blume hängte ihre Handtasche über die Stuhllehne und stand direkt wieder auf, um ihnen Kaffee an der Theke zu holen. Sie kam mit zwei gefüllten Pappbechern zurück.

„Und, haben Sie schon unseren Fondant getestet?", fragte sie direkt, nachdem sie sich niedergelassen hatte. Sie schlug die Beine übereinander und lehnte sich zurück.

„Nein, bislang noch nicht. Das ‚Törtchen' ist keine Konditorei, die viele Motivtorten anfertigt. Und sollten sie mal bestellt werden, haben wir bislang immer eine andere gute Lösung gefunden", erwiderte Ina selbstbewusst. „Außerdem waren wir, wie Sie sich sicher vorstellen können, vollauf mit der Messevorbereitung beschäftigt."

Sie hielt den kritischen Blick von Frau Blume stand und ließ sich nicht einschüchtern.

„Liebe Frau Steinker, ist Ihnen eigentlich aufgefallen, dass Sie gar keine Waren mehr vom Zuckerwerk beziehen? Rohstoffe, die Sie früher bei uns eingekauft haben und die alle günstiger sind als die unserer Konkurrenten?"

Cordula Blume funkelte Ina angriffslustig an.

„Was wollen Sie damit sagen?", fragte Ina forsch zurück. Sie wusste überhaupt nicht, wovon diese energische Vertreterin sprach. Nach Maries Tod hatte sie schlichtweg die etablierte Bestellroutine übernommen. Sie hatte geschaut, welche Bestellungen regelmäßig rausgegangen waren, und diesen Rhythmus übernommen. Von wem sie was bezog, hatte sie nie interessiert – bislang.

„Ihre werte Kollegin Frau Bürmer lehnte den Einsatz unserer wunderbaren Fondant-Variationen und diverser andere

114

Innovationen meiner Firma unbegründeterweise ab. Sie blieb bei ihrem Standardsortiment, das sie bei uns bestellte. Nun ja, wie ich schon sagte, mag ich keine weißen Flecken auf meiner Landkarte. Daher ließ ich das ‚Törtchen‘ von unserer Kundenliste streichen. Frau Bürmer war darüber sehr erzürnt und hat sich bei der Geschäftsleitung über mich und mein Vorgehen beschwert. So was macht man doch nicht, nicht wahr? Da Sie jetzt die Chefin sind, hatte ich gehofft, dass Sie einsichtiger wären.“

Cordula Blume lächelte Ina übertrieben an. Doch dieses Lächeln erreichte nicht ihre Augen. Ohne ihre Mimik zu verändern, nahm sie ihren Kaffeebecher und trank einen Schluck. Ina strich über den Tisch, als würde sie ein unsichtbares Tischtuch glatt streichen, bevor sie reagierte.

„Liebe Frau Blume, Sie sehen mich vollkommen entspannt bei diesem Thema. Die Tatsache, dass Frau Bürmer bei Ihrer Konkurrenz mehr bezahlt und wir weiterhin dort bestellen, sollte Ihnen doch zeigen, dass das ‚Törtchen‘ nicht auf Ihre Firma angewiesen ist. Ich sehe unser Gespräch daher als beendet und bedanke mich für den Kaffee.“

Ina stand auf, als plötzlich Cordula Blumes Hand vorschnellte und ihr Handgelenk umschloss, mit einer Kraft, die Ina nicht erwartet hätte.

Frau Blume hatte ihr falsches Lächeln nicht abgesetzt und sagte mit einer triefend süßen Stimme: „Machen Sie nicht denselben Fehler wie Ihre Freundin.“

Ina riss sich los und sah sie entsetzt an.

„Drohen Sie mir etwa?“

Cordula Blume senkte ihren Kopf und trank ihren Kaffee. Sie sagte nichts mehr. Daraufhin drehte Ina sich auf dem Absatz um und ging mit klopfendem Herzen zurück zum Stand.

Kapitel 21

Charlotte sah schon von Weitem, dass mit Ina irgendetwas nicht stimmte. Sie lief ihr ein Stück entgegen und begleitete sie zum Stand zurück.

„Alles in Ordnung mit dir?", fragte sie besorgt.

Sie konnte kaum glauben, was sie von Ina zu hören bekam.

„Die liebe Cordula Blume ist nicht nur eine falsche Schlange, sondern auch eiskalt", resümierte sie, nachdem Ina ihren Bericht beendet hatte. „Was meinst du, soll ich in der Detektei nachfragen, ob sie sie durchleuchten können?" Charlotte war mindestens genauso aufgebracht über Frau Blumes Handeln wie Ina.

„Nein, lass gut sein. Wir sollten diese Frau allerdings mit Vorsicht genießen, sollte sie noch mal den Kontakt suchen. Wenn sie Marie umgebracht hat, nur weil ihre Verkaufszahlen nicht stimmten, werde ich mich vermutlich nicht zurückhalten können."

Vor Wut und Trauer traten Ina Tränen in die Augen. Charlotte strich ihr über den Rücken.

„Wir werden sie im Auge behalten."

Am Nachmittag füllten sich die Messehallen wieder mit Besuchern, sodass das Gespräch mit Cordula Blume von vielen anderen Eindrücken überlagert wurde. Gegen Messeschluss schlug Ina Charlotte vor, dass sie beide gemeinsam essen gehen könnten. Sie wollte sie einladen, schließlich machte sie ja die ganze Arbeit ohne Bezahlung. Fix schrieb Charlotte Alexander eine Nachricht, und als die Messe endlich zumachte, zogen die beiden in Richtung Hafen los. Sie hatten sich für das neue Burger-Restaurant entschieden. Nachdem sie einen Tisch in einer ruhigen Ecke gefunden hatten, studierten sie die Speisekarte. Ina entschied sich für einen Quarter Pounder mit Süßkartoffelpommes und Coleslaw. Charlotte dachte kurz an ihr Hochzeitskleid und wählte den vegetarischen Burger mit Salat. Bei den Getränken hatten sie sich schnell auf eine Flasche Wasser und zwei große Biere geeinigt.

Als sie bestellt hatten, fragte Ina neugierig: „Wie sieht es eigentlich mit euren Hochzeitsvorbereitungen aus? Gefühlt bist du jeden Tag im ‚Törtchen'. Gibt es nicht noch einiges zu erledigen für dich?"

„Alles gut", entgegnete Charlotte. „Das Hochzeitskleid muss noch angepasst und die Details zur Torte besprochen werden. Ansonsten ist alles geschafft. Darauf ein Cheers!" Sie stießen an und tranken.

„Apropos Torte. Muss dein Zukünftiger bei der Ausarbeitung dabei sein?"

Charlotte schüttelte den Kopf und ließ sich auf der weichen Bank zurückfallen.

„Sollen wir vielleicht jetzt besprechen, was du dir vorstellst? Es soll ja die Perlentorte werden, richtig?"

„Ja genau. Das können wir gerne machen."

Nachdem sie ihre Burger gegessen hatten, orderten sie zwei weitere Biere und Ina holte was zum Schreiben hervor.

„Also: Perlentorte, vierstöckig", protokollierte sie.

„Genau."

„Dann legen wir mal los."

In den folgenden Stunden besprachen sie die unterschiedlichsten Kombinationen und Variationen. Charlotte lief zwischendurch das Wasser dermaßen im Mund zusammen, dass sie sich – trotz des Messetags voller Süßwaren – noch ein Dessert genehmigte.

Am Ende hatte Ina für Charlotte die perfekte Hochzeitstorte zusammengestellt und alles bis ins Detail notiert. Charlotte war begeistert.

117

„Also, ich fasse noch mal zusammen", erhob Ina feierlich die Stimme. „Die Torte wird über und über mit Pralinen und Mandeln bedeckt sein, die wie Perlen aussehen. Dazu befülle ich weiße Pralinenhohlkörper, und zwar wie besprochen mit den Geschmacksrichtungen Vanille, Schokolade, hell und dunkel, Zimt, Salzkaramell, Maracuja, Himbeere und Erdbeere. Die gefüllten Hohlkörper überziehe ich mit weißer Schokolade und die meisten bestäube ich anschließend mit weiß-silbrigem und einige mit rosa und hellblauem Glitzerpuder. Ein paar werden mit echtem Blattgold überzogen. Diese Pralinen klebe ich dann wie einen Wasserfall von oben nach unten über die Vorderseite der Torte. Die übrige Torte wird mit weißen Hochzeitsmandeln verziert, die auch eine weiße Perlmuttschicht bekommen."

Ina unterbrach sich kurz und machte eine Anmerkung zu ihren Notizen.

„Kommen wir zum Innenleben der Torte: Der unterste Boden soll ein Nussbiskuit gefüllt mit Schokocreme sein, der zweite Stock wird ein heller Biskuitboden mit Vanillecreme und leichter Himbeernote, der dritte ebenfalls Biskuit mit Kokoscreme und Aprikose und ganz oben ein Biskuit mit Vanillegeschmack. Die Torte wird mit einer Ganache aus Zartbitterkuvertüre eingestrichen, sie bildet die Zwischenschicht zwischen Tortenböden mit Füllungen und Fondant ... Charlotte, hörst du mir noch zu?"

Tatsächlich war Charlotte beim Begriff Ganache ausgestiegen, was sicherlich auch dem dritten Aperol Spritz geschuldet war. Daher erklärte ihr Ina voller Begeisterung, dass Ganache eine Creme aus Kuvertüre und Rahm war, die zum Füllen und Überziehen von Gebäck verwendet würde.

„Das wird köstlich", sagte Ina überzeugt.

„Das glaube ich auch", bekräftigte Charlotte und schaute

gähnend auf die Uhr. „Oh, so spät ist es schon! Ich glaube, ich muss nach Hause, wenn ich morgen einigermaßen frisch sein will."

Sie lachten und tranken ihre Gläser aus. Ina bezahlte und bestellte zwei Taxen.

„Was für ein schöner Abend, vielen Dank."

Die beiden umarmten sich zum Abschied.

„Ich habe zu danken – für alles", entgegnete Ina.

Kapitel 22

Charlotte und Ina waren so verblieben, dass Charlotte sich den Reifenzerstecher Hubertus Funke vor Ort anschauen sollte, sobald sich die Gelegenheit dazu bot. Im Trubel der letzten Tage war seine Tat total untergegangen. Da sie sich einigermaßen sicher war, dass der Konditor sie nicht gesehen hatte, geschweige denn erkennen würde, machte sie sich am nächsten Tag auf den Weg. Es waren nur mäßig viele Besucher in den Messehallen unterwegs, Ina würde alleine mit dem Publikumsinteresse zurechtkommen.

Charlotte schlenderte durch die Gänge und staunte, was es alles rund ums Backen gab. Ab und an blieb sie an einem Stand stehen, kaufte sich sechs Tartelette-Formen, die sie immer schon mal haben wollte, probierte Pralinen und Gebäck und genoss den Duft von Gewürzen und Aromen.

Schon von Weitem erblickte sie den Stand der Konditorei Funke. Das große Schild mit dem klassischen Schriftzug in Schwarz war gut zu erkennen. Es schien sich aktuell niemand für die Konditorei zu interessieren, denn vor dem Stand war es leer. Hinter dem Tisch, auf dem die Backwaren und Leckereien präsentiert wurden, standen in einer Ecke zwei Männer und unterhielten sich lebhaft. Der eine war eindeutig Hubertus Funke. Sie hatte sich das Foto, das Jochen Räsner ihr zugemailt hatte, genau angesehen, sie war ganz sicher. Er gestikulierte wild mit den Armen. Der zweite Mann hatte die Arme vor seiner Brust verschränkt. Es war ein etwas älterer Herr mit grauen Haaren und einer sehr auffälligen langen Nase. Er trug eine dunkle Stoffhose, ein Hemd und einen dazu passenden Pullunder.

Glücklicherweise befand sich neben Funkes Stand die Präsentationsfläche eines Verlages, welche über und über mit Bücherregalen und Zeitschriftenständern gefüllt und außerdem sehr gut besucht war. Dorthin bog Charlotte ab und suchte sich zwischen den lesenden Besuchern einen Platz möglichst in der Nähe des Nachbarstands. Um ungesehen zu bleiben, stellte sie sich mit dem Rücken zu den beiden Männern, zog das mit Abstand dickste Backbuch aus einem Fach und fing an, es mit interessierter Miene langsam durchzublättern. Dabei spitzte sie die Ohren. Und tatsächlich drangen Gesprächsfetzen zu ihr herüber.

„Willst du mehr Geld, Erich? Ich habe nichts mehr. Nichts mehr. Verstehst du?"
„Mensch, Hubertus, ich will kein Geld. Verstehst du nicht. Ich kann nichts mehr für dich tun."
„Aber wir hatten doch eine Vereinbarung." Funkes Stimme wurde lauter vor Wut und Enttäuschung.
„Jetzt bleib mal ruhig und sprich leiser. Nachher hört uns noch jemand."
„Wir hatten eine Vereinbarung und du hast sie nicht erfüllt", zischte der Konditor immer noch alles andere als leise durch seine Zähne.
„Hast du es nicht kapiert? Ich habe alles mir Mögliche getan. Mehr geht nicht."
„Aber sie sind hier!"
Funkes Stimme überschlug sich fast vor Verzweiflung.

Charlotte hätte sich so gerne zu ihnen umgedreht, traute sich aber nicht. Aus den Augenwinkeln sah sie, wie der Konditor sich die Haare raufte. Der andere Mann namens Erich blieb davon unbeeindruckt.

„Sprich leiser, verdammt."
„Du willst mehr Geld. Darum geht es dir doch." Ein leises Schnauben war zu vernehmen. „Ich verspreche dir, dass ich

irgendwie noch etwas zusammenbekomme. Zur Not gehe ich an das Gesparte meiner Kinder."

„Hubertus, Schluss jetzt", befahl sein Gegenüber. „Es reicht!"

„Aber es geht um meine Existenz", flehte Funke ihn an, „um meine berufliche und um die meiner Familie."

„Ich kann nichts mehr für dich tun. Glaube mir: Ich bin weit genug gegangen. Mehr willst du nicht wissen."

„Dann wird das ‚Törtchen' also gewinnen", sagte er niedergeschlagen.

Nach diesem Satz wäre Charlotte fast das Buch aus der Hand gefallen. Sie hatte genug gehört, stellte den Wälzer zurück ins Regal und ging weiter zu einem Buchständer mit dünnen Heftchen. Sie wollte alles, nur nicht auffallen. Mit zitternden Händen zog sie eins heraus und tat so, als ob sie den Text auf dem Einband lesen würde. Dann schaute sie hoch und sah, wie der Mann mit der langen Nase an ihr vorbeilief. Zu Hubertus Funke drehte sie sich nicht um. Vollkommen aufgewühlt kehrte sie zu Ina zurück.

Am Stand vom ‚Törtchen' war allerdings so viel los, dass sie erst später würden miteinander sprechen können. Charlotte atmete tief ein und aus, um sich zu beruhigen. Sie schnappte sich die hübsche Schürze, die sie als Mitarbeiterin des ‚Törtchens' auswies, und stürzte sich in den Verkauf und die Beratung. Dankbar lächelnd nickte Ina ihr zu.

Den ganzen Tag gab es keine ruhige Minute, in der Charlotte Ina berichten konnte, was sie mitgehört hatte und was ihr seitdem auf der Seele brannte. Sie konzentrierte sich, so gut es ging, auf ihre Aufgaben. Trotzdem schien es Ina nicht zu entgehen, dass sie ziemlich durcheinander war. Als der letzte Besucher ihren Stand verlassen hatte und sie eigentlich aufräumen wollten, schnappte Charlotte Ina am Arm und zog sie nach hinten. Hinter dem Vorhang, wo die Nachschubware und weitere Backgerätschaften lagerten, konnten sie unter vier Augen sprechen.

„Du glaubst nicht, was ich heute am Stand der Konditorei Funke miterlebt habe", sagte sie. Ina tätschelte ihr die Hand, die immer noch ihren Unterarm umklammerte.

„Ich habe wohl gemerkt, dass dich etwas beunruhigt. Aber es war einfach zu viel los. Es tut mir so leid."

Charlotte ließ sie los.

„Komm, setzen wir uns", schlug Ina vor. „In einer der Kisten muss ein leckerer Marillen-Brand liegen, den ich vielleicht beim Wettbewerb verwenden werde. Pinnchen habe ich auch irgendwo."

Sie kramte in den Kisten unter dem Tisch und kam mit Flasche und Gläsern in der Hand wieder hervor. Sie bedeutete Charlotte, auf einem der Klapphocker Platz zu nehmen.

„Lass uns einen Schluck trinken. Ich glaube, wir beide können ihn ganz gut gebrauchen. Und dann erzählst du mir, was da los war."

„Puh, der ist stark", stellte Charlotte fest, nachdem sie ihr Pinnchen mit einem Schluck geleert hatte. „Also, pass auf", fing sie an und berichtete Ina alles. Sie hatte das Gespräch noch so gut im Gedächtnis, dass sie es fast wortwörtlich wiedergeben konnte. Eigentlich sollte sie es auch sofort notieren – das würde sie später nachholen. Als sie geendet hatte, schaute Ina sie bestürzt an.

„Was soll das alles? Oh Mann, Marie, was war nur los?"

Sie stützte ihre Ellenbogen auf den Knien ab und legte den Kopf in ihre Hände.

„Was soll ich jetzt machen, Charlotte? Soll ich aufgeben und meine Teilnahme am Wettbewerb zurückziehen?"

Charlotte schüttelte den Kopf.

„Auf gar keinen Fall. Das hätte Marie auch nicht gewollt."

„Du hast recht", antwortete Ina traurig. Sie rieb sich ihre müden Augen. „Aber wenn ich oder wir in Gefahr sein sollten, womöglich in Lebensgefahr, dann ist hier das Ende erreicht. Das Risiko gehe ich nicht ein."

„Na ja", überlegte Charlotte laut, „Hubertus Funke scheint ein gebrochener Mann zu sein. Eine Gefahr wird von ihm vermutlich nicht mehr ausgehen. Nur: was ist mit dem anderen?"

„Was sagtest du: wie lautete sein Name?"

„Es fiel nur sein Vorname und der war Erich."

„Wie sah er aus, konntest du ihn sehen? Hatte er irgendeine Auffälligkeit an sich?"

Charlotte beschrieb ihn. Ina kramte in ihrer Handtasche und zog ihr Handy hervor. Sie tippte etwas ein.

„Ich kenne nur einen Erich mit herausstechender Nase und das ist der hier." Sie hielt Charlotte das Handy hin. „Und ich hoffe inständig, dass das nicht der Mann ist, den du gesehen hast."

„Aber genau das ist er", antwortete Charlotte, ohne zu zögern.

„Bist du dir sicher?"

„Ja."

„Tja, das ist Erich Vogtländer, der Vorsitzende der Fachjury unseres vor der Tür stehenden Konditor-Wettbewerbs."

„Ist nicht dein Ernst."

„Doch. Und das macht mir, ehrlich gesagt, Angst. Funke hat ihn also mit Geld bestochen, damit er dafür sorgen sollte, dass wir nicht am Wochenende mitkämpfen. Marie, Marie, was ist da nur passiert?"

Charlotte wurde plötzlich ganz blass. Ina schaute sie besorgt an.

„Was ist los?"

„Du sagtest, Erich Vogtländer ist der Chef der Fachjury eures Wettbewerbs?"

„Ja, wieso?"

„Was, wenn Marie an ihrem Todestag einen Termin mit ihm hatte?"

„Wie kommst du jetzt darauf?"

„HF."

„Ja und?"

„Marie hatte doch immer lustige Abkürzungen und Eselsbrücken in euren Kalender eingetragen. Was, wenn HF so etwas wie ‚Hoheit der Fachjury' oder Ähnliches bedeutet?" Ina schluckte.

„Du glaubst, dass Erich Vogtländer Marie umgebracht hat, damit sie nicht am Wettbewerb teilnimmt? Und Hubertus Funke hat ihn dafür bezahlt?" Bei diesem Gedanken schüttelte sie sich vor Grauen.

„Was sollte Vogtländers Aussage ‚Glaube mir: ich bin weit genug gegangen' denn sonst bedeuten?"

„Vielleicht hat er einfach versucht, Marie auf jegliche andere Art und Weise von der ‚Backfein' fernzuhalten. Aber Mord? Bitte nicht", sagte Ina flehentlich.

Sie goss sich und Charlotte noch einen Obstbrand ein. Beide tranken ihn und schwiegen.

„Was sollen wir jetzt machen?", flüsterte Ina.

„Auf uns aufpassen und weitermachen."

Ina nickte Charlotte wortlos zu.

Charlotte wusste, dass dies wieder eine unruhige Nacht werden würde. Die Gedanken, die ihr durch den Kopf schwirrten, würden sie nicht loslassen. Und ganz hinten, in einem Winkel ihrer Erinnerungen, war sie immer noch auf der Suche nach dem Spitznamen ihres ehemaligen Schulkameraden.

Kapitel 23

Es war Mittwochabend und ein weiterer langer Messetag lag hinter Charlotte, doch pünktlich um 20 Uhr stand sie vor dem ‚Wolkenbruch' in Münsters Hafenviertel und wartete auf Ben. Obwohl es mitten in der Woche war und zudem leicht regnete und wehte, waren viele Menschen unterwegs. Gut, dass Ben einen Tisch reserviert hatte. Weil ihr zu kalt wurde, entschied sich Charlotte, schon ins Restaurant zu gehen und einen Cappuccino zum Aufwärmen zu trinken. Ein Kellner begrüßte sie höflich und führte sie zum Tisch. Im Handumdrehen hatte sie ihr Getränk vor sich stehen.

Am Nachmittag war Veronika spontan und ohne Ankündigung zum Messeteam des ‚Törtchens' hinzugestoßen. Eigentlich hätte sie ihren freien Nachmittag gehabt, aber sie begründete ihre Unterstützung damit, dass sie auch mal Messeluft schnuppern wolle. Ina und Charlotte freuten sich sehr darüber, und da sie nun zu dritt waren, konnten sie ausnahmsweise richtige Pausen machen und selbst noch ein bisschen über die Messe flanieren. Es stellte sich heraus, dass Veronika einen tollen Humor und ein gutes Gespür für Menschen hatte. Sie hatten alle viel Spaß – auch die Gäste an ihrem Messestand. Vergessen waren Cordula Blume, Hubertus Funke und Erich Vogtländer. Es war eine rundum gelungene Zeit.

Entsprechend entspannt und gut gelaunt saß Charlotte jetzt vor ihrem Cappuccino und studierte die Speisekarte. Zwischendurch beobachtete sie die weiteren Gäste, die an den Tischen um sie herum saßen. Das Publikum war bunt gemischt: hier eine Professorin, vermutlich mit den Mitgliedern ihres Arbeitskreises, dort die Eltern, die ihren studierenden Sohn besuchten, drüben ein altes Ehepaar, das schweigend den Trubel genoss, und neben ihr das frisch verliebte Studentenpärchen – ganz offensichtlich.

Als Ben das ‚Wolkenbruch‘ betrat, ließ er seinen Blick über die Tische schweifen.

Charlotte fand es lustig, wie man selbst die Klassenkameraden aus der Grundschule nach Jahren auf Anhieb wiedererkannte, und winkte ihm zu. Ben zwängte sich durch die Reihen und zog erst mal die nasse Jacke aus, bevor Charlotte und er sich mit einer freundschaftlichen Umarmung begrüßten.

„Es tut mir leid, dass ich mich verspätet habe. Aber wir hatten noch etwas Wichtiges in der Redaktion zu besprechen“, entschuldigte er sich.

„Kein Problem. Ich habe mich mit einem Heißgetränk schon mal aufgewärmt“, lächelte Charlotte.

Fast unbemerkt hatte sich ein Kellner genähert und wollte die Getränkebestellung aufnehmen.

„Trinkst du Wein mit?“, fragte Ben.

„Ja, gerne“, antwortete sie und hakte das Autofahren gedanklich ab. Mit dem Taxi nach Hause und morgens mit der Bahn zur Messe hatte kürzlich ja auch gut funktioniert. Sie stießen mit einem gehaltvollen Rotwein an, bevor sie sich das Essen aussuchten. Ben bestellte Steak, Charlotte Fisch.

Sie plauderten los und lachten miteinander, als wären sie Freunde und nicht zwei Menschen, die sich seit gut zwanzig Jahren nicht mehr gesehen hatten. Es war ein angenehmes, lockeres Gespräch, das auch während des Essens nicht abbrach. Als die Teller abgeräumt wurden, bestellten sie die nächste Flasche Rotwein. Sie sprachen über ihren bisherigen Lebensweg und wo sie gerade standen – Charlotte als Studentin im Zweitstudium kurz vor ihrer Hochzeit, Ben als Arbeitstier, wie er sich selbst bezeichnete, und seit vier Jahren mit seiner Jugendliebe verheiratet.

„Wie heißt denn der Zukünftige?", hakte Ben nach.

„Alexander. Alexander von Laurenbach", entgegnete Charlotte.

„Jetzt sag bloß nicht der von der Kanzlei von Laurenbach!" Charlotte nickte und lächelte angesichts des überraschten Gesichtsausdrucks von Ben.

„Doch. Genau der."

„Das glaube ich nicht. Und dann jobbst du hier auf der Messe? Gibt er dir kein Taschengeld?", zog er sie auf.

Charlotte mimte die Pikierte.

„Und wie heißt deine Frau? Was macht sie beruflich? Habt ihr schon Kinder?"

„Issy, genauer gesagt Isabel, ist Konditorin. Und nein, wir haben noch keine Kinder."

„Konditorin? Und du berichtest von der ‚Backfein'? Na, dann Prost."

Sie stießen mit ihren Gläsern an.

„Dreht ihr eigentlich jeden Tag auf der Messe? Ich habe dich und deinen Kameramann nur einmal gesehen."

„Genau so soll es sein. Wir sind bei der Eröffnung der Messe dabei und am Ende zur Siegerehrung. Den Sieger oder die Siegerin werden wir exklusiv als Erstes live interviewen."

„Ist deine Frau auch auf der Messe?" Charlottes Neugierde war geweckt.

„Ja, sie ist angestellte Konditorin und arbeitet jeden Tag auf dem Messestand ihres Arbeitgebers."

„Ha! Wie ich!", lachte Charlotte, „nur bin ich die ungelernte Aushilfe. Nimmt sie auch am Wettbewerb teil?"

„Ja", antwortete Ben knapp.

Charlotte sah, wie sich sein Blick verfinsterte und er plötzlich sehr ernst wurde – genau wie bei ihrem ersten Treffen am ‚Törtchen'-Stand.

„Was ist los?"

„Ach, nichts", sagte er und trank einen großen Schluck Rotwein. Aber Charlotte ließ nicht locker.

„Darf ich dich was fragen?"

„Klar doch."

„Ich habe genau diesen Gesichtsausdruck bei dir beobachtet, als ich dir bei unserem Wiedersehen sagte, dass ich fürs ‚Törtchen' arbeite. Wieso?"

Ben lehnte sich auf seinem Stuhl zurück und spielte mit seinem Glas. Statt zu antworten, stellte er eine Gegenfrage: „Hattest du einen guten Kontakt zu unserer gemeinsamen Schulkollegin Marie Bürmer nach der Grundschule?"

„Ehrlich gesagt: nein. Erst als ich ihren ‚Törtchen'-Flyer in die Finger bekam, ist mir ihr Name aufgefallen und ich habe mich an sie erinnert. Danach war ich ab und an mit Familie oder Freunden im ‚Törtchen'. Für meinen Papa hatten wir mal eine Geburtstagstorte bei ihr bestellt. Ich finde ihre Kreationen einfach superlecker. Zur Hochzeit sollte Marie eigentlich unsere Hochzeitstorte machen. Aber daraus wird ja nichts. Da ich es im ‚Törtchen' immer recht nett fand, habe ich Maries Nachfolgerin Ina gefragt, ob ich bei ihr jobben könnte. Und so bin ich hier gelandet."

Sie machte eine kurze Pause und beobachtete ihn. Er spielte immer noch mit dem Glas in seiner Hand.

„Und du?", fragte sie.

Er leerte sein Glas und schaute sie eine Weile an.

„Mein Verhältnis zu Marie sah etwas anders aus."

Er goss sich Wein nach. Charlotte schwieg in der Hoffnung, dass er weitererzählen würde. Er fuhr sich mit einer Hand durch die Haare.

„Wie ich sagte, ist Issy meine Jugendliebe. Wir hatten allerdings auch schlechte Zeiten und uns vor Jahren einmal getrennt. In dieser Phase hatte ich eine Affäre mit Marie."

Charlotte zuckte überrascht zusammen, versuchte aber, sich nichts anmerken zu lassen. Ina hatte ihr nicht gesagt, dass Marie bisexuell war. Musste sie selbstverständlich auch nicht. Diese Tatsache könnte allerdings ihr Vorgehen bei den Ermittlungen verändern.

„Issy war danach immer fürchterlich eifersüchtig auf Marie. Vollkommen unbegründet. Wir waren auseinander und dann erst habe ich Marie getroffen. Isabel und ich hatten uns ja nicht getrennt, weil ich fremdgegangen war."

Nachdenklich nickend nahm Charlotte einen Schluck.

„Vor drei Jahren wurde dann der Konditoren-Wettbewerb der ‚Backfein' ins Leben gerufen. Voller Enthusiasmus und Freude hat sich Issy angemeldet. Ihre Laune änderte sich sofort, als sie den Brief mit den Namen der zugelassenen Teilnehmer erhielt. Issy war dabei – aber auch Marie. Die letzten beiden Jahre überlegte sich Issy die tollsten Kreationen für den Wettbewerb. Ich kam meist in den Genuss, sie bestaunen und probieren zu dürfen."

Er lächelte unglücklich.

„Sie waren wirklich gut. Aber beide Male gewann Marie."

Er führte sein Glas zum Mund, bemerkte dann aber, dass es leer war. Mit der anderen Hand fuhr er sich über das Gesicht.

„Die letzten zwei Jahre durfte ich also immer die Siegerin Marie interviewen. Issy wäre fast verrückt geworden. Zum Glück arbeitet sie in einer Konditorei weit genug entfernt von Münster, sodass sie nicht auch noch im Berufsalltag mit Marie konkurrieren musste. Trotzdem war mittlerweile das ‚Törtchen' zum Feindbild meiner Frau geworden."

Ben stellte sein Weinglas auf den Tisch.

„Dann kam die Teilnehmerliste zum diesjährigen Wettbewerb. Und obwohl wir Maries Todesanzeige gesehen hatten, war das ‚Törtchen‘ wieder mit von der Partie.“
Er schwieg.

„Na ja“, warf Charlotte ein, „die Wahrscheinlichkeit, dass sowohl das ‚Törtchen‘ als auch Isabel zugelassen werden würden, war ja aufgrund der Wettbewerbshistorie recht groß. Nun ist halt Ina die Konkurrentin deiner Frau.“

„Ja, aber dieses Mal veränderte sich mit dem Schreiben alles: meine Frau, unser Leben, unsere Liebe. Einfach alles.“

„Wie meinst du das?“

„Ich erkenne meine Frau nicht mehr wieder. Sie ist auf einmal ein anderer Mensch. Fast krankhaft davon besessen, hier zu siegen. Vor Neid, Eifersucht und Ehrgeiz zerfressen. Es tut mir in der Seele weh, sie so zu beschreiben. Es tut aber auch gut, es aussprechen zu dürfen.“ Er atmete tief aus. „Und das alles, obwohl Marie ja gar nicht mehr fürs ‚Törtchen‘ antreten wird, was ja bereits vor dem Schreiben klar war.“

Er rieb sich mit seinen Händen über die Augen.

„Der Kontakt zu unseren Familien und Freunden ist seit Wochen komplett abgebrochen. Sie geht mit niemandem mehr aus – nicht mal mit mir. Sie lacht wenig. Es wird nur noch gearbeitet. Tag und Nacht übt sie, entwickelt Ideen, die sie wieder verwirft, backt, dekoriert, formt und was auch immer. Ihr Chef hat ihr erlaubt, die Backstube zu benutzen, wie und wann sie möchte. Ich kriege sie kaum zu Gesicht. Und wenn, dann streiten wir nur. Ganz ehrlich: Liebe spüre ich für sie momentan nicht mehr.“

Der letzte Satz klang sehr ernüchternd. Charlotte wusste nicht, was sie erwidern sollte.

Sie hörte ihn leise flüstern: „Das Traurige ist, dass Maries Tod an ihrem Verhalten nichts ändert.“

Charlotte horchte kurz auf, aber sie wollte den schönen Abend nicht zerstören, indem sie anfing, Ben zum Tod von Marie auszufragen. Er schien bereits genug zu leiden. Sie goss den Rest Rotwein in ihre beiden Gläser. Immer noch nachdenklich, versuchte sie vorsichtig, andere Themen anzuschneiden.

Es dauerte eine Weile, bis es ihr gelungen war, die Stimmung aufzuheitern. aber zum Schluss lachten sie Tränen, als sie sich ein paar alte Lehrergeschichten erzählten.

Kapitel 24

Mit etwas Wehmut rollte Charlotte das Aufsteller-Plakat mit dem ‚Törtchen'-Schriftzug zusammen. Es waren interessante und spannende Messetage gewesen. Nicht nur, was das Konditor- und Bäckerwesen anging – da hatte sie unfassbar viel hinzugelernt –, sondern auch zum Fall Marie hatte sich einiges ergeben. Cordula Blume war heute noch mal am ‚Törtchen'-Stand vorbeistolziert, mit gerümpfter Nase, wie Charlotte belustigt feststellen musste. Von Hubertus Funke hatte sie nichts mehr gesehen. Der Tag war ein würdiger Abschluss der Messe gewesen.

Ina und sie hatten mit zahlreichen freundlichen und aufgeschlossenen Messegästen gesprochen. Was den Verkauf anging, war von einigen Waren nichts mehr übrig. Ina hatte also gut geplant. Aber jetzt war Schluss. Sie packten zusammen und verstauten die Dinge, die Ina nicht für den morgen beginnenden Wettbewerb benötigte, im Lieferwagen. Schließlich fuhren sie zum ‚Törtchen' zurück.

„Wir können die Kisten an der Wand im Flur stapeln", informierte Ina Charlotte beim Ausladen, „Veronika hat versprochen, sich um alles Weitere zu kümmern."

„Sie ist echt top", meinte Charlotte und stellte, wie geheißen, einen Karton auf den nächsten.

Als der Lieferwagen leer war, fragte Ina, ob sie nicht Lust hätte, zum Abschluss ein Glas Wein mit ihr zu trinken.

„Das ist eine feine Idee, sehr gerne", willigte sie ein.

Die beiden Frauen setzten sich ins Café, Ina zündete eine Kerze an und goss ihnen Wein ein. Für Charlotte war es ein schönes – aber auch ungewohntes – Gefühl, wieder im ‚Törtchen' zu sitzen. Die Messeeindrücke waren so dicht gedrängt und vielfältig, dass es sich anfühlte, als wären sie Monate nicht hier gewesen.

„Was meinst du: Bist du der Ursache für Maries Tod näher gekommen?", fing Ina das Gespräch vorsichtig an.

„Um ehrlich zu sein, kann ich dir das gar nicht genau beantworten." Charlotte nippte an ihrem Wein. „Ich bin immer noch davon überzeugt, dass die Lösung im Entziffern von HF, Maries Eintrag im Kalender, liegt. Ob nun Hubertus Funke, Oskar, Cordula Blume oder sonst irgendwer dahintersteckt, kann ich zurzeit überhaupt nicht einschätzen. Motive hätten sie alle."

„Mir persönlich ist Cordula Blume ja absolut unsympathisch. Und ich hoffe, dass ich sie hier nie wiedersehen werde."

„Antipathie alleine reicht allerdings nicht, um einen Täter zu überführen."

„Ich weiß."

Sie schwiegen eine Weile.

„Was erwartet dich beim Wettbewerb ab morgen eigentlich?", durchbrach Charlotte die Stille.

„Nun ja, jeder Teilnehmer bekommt zunächst einen eigenen Arbeitsplatz, Küchengeräte und einen Backofen zugewiesen und dann geht's los."

„Wisst ihr schon im Vorfeld, welche Aufgaben ihr zu bewältigen habt?"

„Noch nicht bis ins letzte Detail, aber es dürfte einen Zeitrahmen geben, in dem wir uns am ersten Tag mit Torten, Desserts, Pralinen und Ähnlichem beschäftigen werden. Am Samstag steht dann die Königsdisziplin der Konditorei auf dem Programm: das Kreieren einer Hochzeitstorte, ebenfalls zeitlich begrenzt."

„Und wie läuft das morgen ab?"

„Marie hatte mir im letzten Jahr erzählt, dass man seinen Arbeitsplatz gezeigt bekommt, sich kurz einrichten kann – auch mit den Dingen, die man selbst mitbringen darf –

und dann gibt es die Aufgaben. Das Ganze wird von den Jurymitgliedern oder von ihren Beauftragten überwacht."

„Könnte ich eventuell mitkommen?"

Ina nickte begeistert.

„Klar doch. Es würde mich auf jeden Fall freuen. Wenn es dir nicht zu langweilig ist?"

„Nein, bestimmt nicht. Dann mache ich es doch einfach. Ich kann ja vermutlich auch gehen, wenn ich möchte."

Sie stießen an und genossen die ruhige Zeit.

Kurz bevor Charlotte nach Hause fuhr, einigten sie sich darauf, dass sie gegen neun Uhr versuchen sollte, in die heilige Wettbewerbshalle zu kommen. Ina würde natürlich schon früher dort sein. Um halb zehn sollte der Startschuss fallen.

Am nächsten Morgen war Charlotte pünktlich an der Messehalle. Sie hatte ihren Messeausweis vorgezeigt, woraufhin ihr ohne Problem Einlass gewährt wurde. Schnell fand sie den Wettbewerbssaal und stellte fest, dass sie nicht die einzige Besucherin war.

Der Vorsitzende der Jury, Erich Vogtländer, der Mann mit der markanten Nase, hatte gerade seine Jurykollegen vorgestellt, darunter auch Karl Theodor zu Wolfsberg sowie drei weitere Konditorinnen. Zu Wolfsberg trug heute einen auffallenden senffarbenen Dreiteiler mit dunkelblauen Karolinien.

Die Teilnehmer standen alle an ihren Arbeitsplätzen. Charlotte sah Ina und winkte ihr zu. Sie erkannte auch Hubertus Funke. Die zweite Frau unter den acht Teilnehmern musste dann wohl Isabel Schlüter, Bens Frau sein.

„Kommen wir nun zur Verkündung der heutigen Herausforderungen. Meine Kollegin ist so nett und legt Ihnen den Aufgabenzettel auf Ihren Arbeitstisch."

135

Eine der drei weiblichen Jurymitglieder ging mit ein paar Zetteln in der Hand los und verteilte sie. Man konnte die Spannung in der Luft förmlich spüren.

Erich Vogtländer fuhr fort: „Innerhalb von sechs Stunden sind von Ihnen anzufertigen: zwei Torten auf gehobenem Konditoren-Niveau mit je einem Schokoladenschaustück als Krönung, drei verschiedene Desserts, drei Sorten Pralinen und vier Figuren aus Schokolade und/oder Marzipan. Alles zusammen präsentieren Sie uns bitte in einem imaginären Schaufenster. Schauen wir auf die große Uhr an der Wand: Pünktlich um 9 Uhr 30 starten wir. Sie haben also bis 15 Uhr 30 Zeit."

Die Köpfe der Teilnehmer qualmten förmlich, nachdem der Juryvorsitzende geendet hatte. Um halb zehn legten sie los. Charlotte wusste, dass sie ab jetzt nichts mehr ausrichten konnte, weil Ina sich voll und ganz auf die Aufgaben konzentrieren musste. Sie selbst hätte vermutlich nicht einmal zwei Punkte der abzuarbeitenden Liste in sechs Stunden geschafft. Sie verließ den Saal und lief in Richtung Innenstadt. Gegen 15 Uhr wollte sie wieder zurück sein.

Es tat ihr richtig gut, sich durch die Fußgängerzone treiben zu lassen. In einem kleinen französischen Bistro aß sie zu Mittag. Anschließend kaufte sie sich einen hübschen Pullover. Für den Rückweg zur Messehalle hatte sie sich noch einen Abstecher vorgenommen, und zwar zur Konditorei Funke. In der Bus-App hatte sie gesehen, dass es vor dem Café eine Haltestelle gab. Sie wollte dort einen Kaffee trinken, um ein Gefühl dafür zu bekommen, in welcher Situation Hubertus Funke steckte. Was sie vorfand, war ernüchternd: Sie war der einzige Gast. Die Studentin hinter der Kuchentheke wirkte gelangweilt. Schnell trank Charlotte ihren Kaffee aus und war froh, als sie die Tür hinter sich schließen konnte und wieder auf dem Gehweg stand.

Weiter ging es mit dem Bus zur Messehalle. Je näher sie dem Ort des Geschehens kam, desto betörender waren die Düfte, die durch die Hallen waberten. Köstlich. Ihr lief das Wasser im Mund zusammen.

Als sie in die Halle eintrat, durch die Reihen der Teilnehmer ging und die Kreationen in den imaginären Schaufenstern sah, verschlug es ihr fast die Sprache, so schön waren sie. Ihrer Meinung nach hatten alle hervorragende Arbeit geleistet. Aber das Urteil fällte ja die Jury. Die Präsentationen bekamen noch den letzten Schliff, bis eine laute Glocke ertönte. Die Teilnehmer wurden gebeten, von ihrer Arbeitsfläche zurückzutreten, und die klatschenden Besucher mussten sich auf einer Seite des Raums versammeln.

Die Jurymitglieder schritten die Reihen auf und ab. Kritisch beäugten sie die gefertigten Kunststücke und machten sich fleißig Notizen. Ina hatte Charlotte erklärt, dass zuerst die Optik beurteilt wurde. Erst danach probierte die Jury einzelne, ausgewählte Stücke. Ein Zwischenergebnis würde nicht verkündet werden. Am Sonntag gab es bei der Siegerehrung die Gesamtpunkte. Dann konnten auch von den Teilnehmern die Einzelbewertungen eingesehen werden.

Nachdem die Begutachtung des Schaufensters beendet war, wurden sowohl die Teilnehmer als auch die Gäste verabschiedet und gebeten, den Saal zu verlassen. Die Jury wollte zur Verköstigung und Beratung unter sich sein.

Es dauerte ein paar Minuten, bis Charlotte Ina draußen gefunden hatte. Sie war gerade dabei, ihre Konditorjacke auszuziehen und in eine Tasche zu packen.

„Hey Ina! Das war es für heute? Wie ist es gelaufen?"

„So weit, so gut. Meine Zeitplanung war nicht ganz optimal, worunter die drei Desserts etwas leiden mussten. Aber ansonsten bin ich mit mir und meiner Leistung zufrieden."

Charlotte merkte, dass Ina noch vollkommen im Rausch

und Tunnel des Wettbewerbs war. Sie sah, dass die anderen Teilnehmer auch ihre Sachen gepackt hatten und zum Teil alleine oder mit Gästen das Gelände verließen.

„Soll ich dich nach Hause bringen?", fragte Charlotte.

„Das wäre total lieb. Ich habe heute Morgen den Bus genommen. Sei mir bitte nicht böse, wenn ich dich nicht zu einem Gläschen Wein einlade. Ich bin total platt und muss meine Gedanken für morgen sammeln."

„Das verstehe ich sehr gut, kein Problem. Komm, lass uns gehen."

Charlotte setzte Ina vor ihrer Wohnung ab und sie vereinbarten, es morgen genauso zu machen.

Am Samstagmorgen stand Charlotte zur selben Zeit am selben Ort. Als sie Inas Blick auffing, lächelte sie der Konditorin zu und hielt beide Daumen gedrückt in die Luft.

„Meine Damen und Herren, heute ist der Tag der Hochzeitstorten. Wir starten wieder um 9 Uhr 30 und Sie haben fünf Stunden für eine mindestens dreistöckige Torte Zeit. Wir wünschen Ihnen viel Erfolg", sagte Erich Vogtländer feierlich.

Das war das Zeichen für Charlotte zu gehen. Da es zwar kühl, aber sonnig war, setzte sie sich dick eingepackt vor ein Café am Hafen. Sie hatte sich ein Buch mitgenommen und las. Zwischendurch bestellte sie sich einen Kaffee, eine heiße Schokolade und was es noch alles an warmen Getränken gab. Die Stunden vergingen wie im Flug.

Als sie nachmittags bei ihrer Rückkehr in den Wettbewerbssaal durch die Reihen der Konditoren ging und die fantastischen Hochzeitstorten bestaunte, blieb sie wie angewurzelt vor Inas Arbeitsplatz stehen. Freudentränen traten ihr in die Augen. Vor ihr stand ihre Hochzeitstorte – vierstöckig und über und über mit Perlen besetzt.

138

„Na, was sagst du?", fragte Ina keck. „Gefällt sie dir? Ich habe den untersten Boden noch etwas mit glasierten Mandeln aufgepimpt."

„Die ist der Hammer!", freute sich Charlotte. „Sie sieht toll aus!"

„Ich dachte, ich übe hier ein bisschen, damit sie zu eurer Hochzeit wirklich perfekt klappt."

Am liebsten wäre Charlotte ihr um den Hals gefallen, aber so eine Reaktion wäre hier wohl fehl am Platz gewesen.

Die Hochzeitstorte, die Isabel gebacken und dekoriert hatte, gefiel Charlotte auch sehr gut. Sie war sehr bunt, aber trotzdem überhaupt nicht kitschig. Hubertus Funkes Werk war ganz klassisch mit dunkler Schokolade, Kirschen und Marzipanröschen. Auch die Torten der übrigen Teilnehmer fand Charlotte sehr beeindruckend.

Sie war froh, dass sie nicht in der Haut eines Jurors steckte. Das waren zum Glück alles Profis, die hoffentlich die Ergebnisse fair zu bewerten wussten. In Anbetracht des Gesprächs zwischen Erich Vogtländer und Hubertus Funke, das Charlotte mitgehört hatte, zweifelte sie allerdings an der Unabhängigkeit einzelner Jurymitglieder.

Alles spielte sich genau wie am Vortag ab, nur dass der Juryvorsitzende noch eine Einladung zur feierlichen Verkündung der Gewinner am folgenden Tag aussprach.

Wieder fuhr Charlotte eine völlig erschöpfte Ina nach Hause. Bevor sie ausstieg, wandte sie sich zu ihr um.

„Was ich dir noch sagen wollte, Charlotte: Egal, was noch passiert, egal, ob du herausfindest, warum und wie Marie gestorben ist", sie schluckte, „ich bin dir für deine Unterstützung sehr dankbar. Du kannst dir nicht vorstellen, wie sehr du mir aus meinem Tief herausgeholfen hast. Und ich bin unglaublich stolz auf uns beide, dass wir das mit der ‚Backfein' und dem Wettbewerb durchgezogen haben."

Sie nahm Charlotte in den Arm und drückte sie.

„Sehr gerne", flüsterte Charlotte gerührt.

Dann klopfte sie Ina mit beiden Händen auf den Rücken und sagte: „Jetzt aber ab mit dir in deine Wohnung, Füße hoch und entspannen."

„Du glaubst doch wohl nicht ernsthaft, dass ich diese Nacht nur eine Sekunde schlafen kann? Dafür bin ich zu aufgeregt."

„Erhol dich gut", lachte Charlotte und schaute ihr auf dem Weg zur Haustür hinterher.

Kapitel 25

„Bist du nervös?", fragte Charlotte.

„Und wie!", winkte Ina ab. „Ich habe in der Nacht tatsächlich kaum ein Auge zugemacht."

Sie waren unterwegs zum Messegelände. Zur Siegerehrung war die Halle, die die vergangenen zwei Tage fürs Backen genutzt wurde, umgebaut worden. Für die Teilnehmer und Gäste standen Stühle bereit, alle mit Blick auf einen Mikrofonständer ausgerichtet. Ein paar Personen waren schon da. In der ersten Reihe saß Isabel Schlüter. Charlotte hatte sie sofort erkannt. Die Jurymitglieder hatten sich in einer Ecke versammelt und unterhielten sich.

Ben war mit seinem Kameramann auch bereits vor Ort. Charlotte hatte ihm zur Begrüßung lächelnd zugenickt.

Ina und Charlotte wählten Plätze in der Mitte. Sobald sie sich gesetzt hatten, wurden sie beide von hinten angetippt. Als sie sich gleichzeitig überrascht umdrehten, schauten sie in die strahlenden Gesichter von Mia und Paul in die Reihe hinter ihnen. Sie begrüßten sich und Ina musste ihnen direkt alles vom Wettbewerb erzählen. Sie freute sich sehr, dass die beiden mit ihnen mitfiebern wollten.

Als die Halle relativ gut gefüllt war, schaute der Juryvorsitzende auf seine Uhr. Er sprach mit seinen Kollegen und gemeinsam schritten sie zum Mikrofon. Bis auf den Juryvorsitzenden hatten alle Blumensträuße, Briefumschläge und eine Jurorin einen kleinen gläsernen Pokal in den Händen. Erich Vogtländer klopfte auf das Mikrofon und prompt ertönte ein unangenehmes Geräusch aus den Lautsprechern. Er räusperte sich.

„Meine sehr verehrten Damen und Herren, wir, die Fachjury des Konditorenwettbewerbs hier im schönen Münster, begrüßen Sie herzlich zur diesjährigen Preisverleihung."

Er erzählte ausführlich über die letzten beiden Tage und die großartigen Kreationen, die sie beurteilen durften. Charlotte merkte, wie Ina neben ihr schon anfing, mit den Beinen zu wippen. Einige Jurymitglieder wechselten ungeduldig von einem Fuß auf den anderen. Vogtländers Rede schien kein Ende zu nehmen. Endlich kam er zur Bewertung. Alle im Saal atmeten auf.

„Da die Auswahl in diesem Jahr besonders schwierig war und die Leistungen der Teilnehmer so eng beieinander lagen, haben wir uns entschieden, hier und heute die ersten fünf Plätze zu ehren. Kommen wir nun zu den Gewinnern."

Platz 5 belegte ein junger Konditor aus Warendorf, der Charlotte die letzten zwei Tage gar nicht aufgefallen war. Er nahm die Glückwünsche der Jury und den Blumenstrauß entgegen.

„Platz 4 geht an Ina Steinker vom ‚Törtchen'."

Ina schlug die Hände vor den Mund. Tränen traten ihr in die Augen. Charlotte, Mia und Paul waren aufgesprungen und jubelten. Ina musste von Charlotte förmlich nach vorne geschoben werden. Glücklich strahlend kam sie mit ihrem Blumenstrauß zurück.

„Das ist für dich, Marie", flüsterte sie und wischte sich eine Träne von der Wange.

Charlotte legte einen Arm um Inas Schulter und drückte sie an sich. Die Plätze 3 und 2 nahm Charlotte gar nicht richtig wahr. Auch die Namen sagten ihr nichts. Die Gekürten erhielten einen Blumenstrauß und einen Umschlag.

„Kommen wir nun zum Gewinner des diesjährigen Wettbewerbs." Vogtländer machte eine bedeutungsvolle Pause und nahm den gläsernen Pokal von seiner Kollegin entgegen. Dann sagte er: „Wir gratulieren herzlich Isabel Schlüter zum ersten Platz."

Ein Freudenschrei erklang aus der ersten Reihe: Isabel warf

die Arme hoch und sprang auf. Sie stürmte zur Jury, riss dem verdutzt dreinschauenden Vorsitzenden den Pokal aus den Händen und streckte ihn in die Höhe. Dann drehte sie sich triumphierend zu den Besuchern um. Die Jurymitglieder hinter ihr wussten nicht so recht, wie sie mit der Situation umgehen sollten, und klatschten verlegen.

Schnell bildete sich eine Traube von Gratulanten um die Gewinnerin.

Aus den Augenwinkeln sah Charlotte, wie Ben sich auf den Weg zur Siegerin machten. Der Kameramann hatte seine Kamera schon auf die Schulter genommen, als Charlotte plötzlich in ihrer Bewegung erstarrte.

Da war er: der Spitzname, den Marie Ben zu Grundschulzeiten gegeben hatte. Ihr Herz raste.

„Alles in Ordnung?", fragte Ina, die sie besorgt von der Seite ansah.

„Ja, ja. Ich muss kurz was erledigen."

Sie stürzte sich in die Menge und versuchte, Ben zu erreichen. Glücklicherweise ragte die Kamera aus der Masse heraus, sodass Charlotte ihr folgen konnte. Sie zwängte sich durch die Reihen, bis sie die beiden Männer vom Fernsehen vor sich sah. Während sie andere Besucher zur Seite rempelte, bekam sie einiges zu hören. „Passen Sie doch auf!" „Was soll das Gedrängel?" Doch das war ihr in diesem Augenblick alles egal. Sie hatte nur einen Gedanken. Ihre Hand ertastete die braune Lederjacke von Ben an seiner Schulter und sie griff zu. Überrascht drehte er sich um.

„Lotta! Hi! Alles klar? Du bist ja richtig aus der Puste."

Sie zog ihn an seiner Jacke näher zu sich.

„Frag deine Frau, ob sie der Meinung ist, dass dieses Jahr alle bessere Chancen hatten, weil Marie nicht dabei war."

„Was? Wieso?" Erschrocken schaute er sie an. „Warum soll ich das machen?"

143

Sein Lächeln wich einem unglücklichen Gesichtsausdruck.
„Tu es einfach."
Charlotte ließ los und sie schoben sich weiter. Als sie Isabel
erreicht hatten, schaltete der Kameramann das Licht an der
Kamera an. Ben stellte sich mit seinem Mikrofon in der
Hand neben seine Frau und Charlotte hatte einen Platz direkt neben dem Kameramann ergattert. Nervös spielte sie
mit ihren Fingern. Wenn sie die Situation richtig ein-
schätzte, würde gleich etwas Unverhofftes passieren.
Bens Interview dauerte gefühlt eine Ewigkeit für sie, erst
die Gratulation, dann das übliche Geplänkel. Der Reporter
und die Konditorin strahlten beide vor Stolz und Freude in
die Kamera. Plötzlich stockte Ben und schaute Charlotte
an, die ihm fast unmerklich auffordernd zunickte.
„Eine letzte Frage habe ich noch, meine liebe Isabel."
Er zögerte. Sie lächelte ihn fragend an.
„Glaubst du, dass alle Teilnehmer in diesem Jahr bessere
Chancen auf den Sieg hatten, weil Marie Bürmer vom
‚Törtchen' nicht mehr dabei war?"
Bens Lächeln erstarrte. Er hielt Isabel das Mikrofon hin und
auch ihr Gesichtsausdruck veränderte sich.
„Was soll diese Frage?"
Der scharfe Unterton war nicht zu überhören. Charlotte
hielt kurz die Luft an. Es wurde ruhiger um die Gewinnerin
und das Fernsehteam.
„Nun ja, sie hat die letzten beiden Jahre den Wettbewerb
dominiert. Und jetzt ist sie nicht mehr hier."
Isabel zog Bens Hand mit dem Mikrofon zu sich.
„Genau. Sie ist nicht mehr hier. Zum Glück. Die blöde
Kuh."
Ein Raunen ging durch die Menge. Isabels Gesicht verzog
sich zu einer bösartigen Fratze. Sie schrie förmlich ins Mi-
krofon.

„Pech, wenn man in seiner eigenen Backstube ausrutscht und stirbt!"

Die Menschen in der Halle verstummten. Der Kameramann filmte weiter. Isabel lachte.

„Aber woher weißt du das?", stotterte Ben ins Mikrofon und hielt es seiner Frau hin.

„Weil ich dabei war! Was denkst denn du?", rief sie.

Die Kamera lief.

„Issy, was hast du getan? Bist du verrückt?"

„Irgendeiner musste doch etwas unternehmen, oder?"

In diesem Moment schien sich Erich Vogtländer seiner Aufgabe als Juryvorsitzender bewusst zu werden. Er straffte sich und nahm das Heft in die Hand. Unverzüglich wies er seine Mitjuroren an, die Türen zu schließen und sich davor zu positionieren. Dann rief er die Polizei.

Kurze Zeit später führten Polizeibeamte Isabel Schlüter ab, Ben wurde aufgefordert, sie zu begleiten. Außerdem beschlagnahmten die Ermittler die Kamera und luden Erich Vogtländer als Zeuge aufs Präsidium vor. Bald darauf zerstreute sich die Menge der verbliebenen Gäste.

Charlotte kümmerte sich indessen um Ina, die weinend in einer Ecke kauerte. Zusammen mit Mia und Paul brachte sie sie zu Charlottes Auto. Als sie bei Ina zu Hause ankamen, verfrachtete Charlotte sie aufs Sofa und machte ihr eine heiße Schokolade. Nach den ersten Schlucken blickte Ina sie aus verheulten Augen an.

„Woher wusstest du es?"

Charlotte setzte sich zur ihr auf die Couch und nahm Inas freie Hand.

„Mir ist Bens Spitzname wieder eingefallen."

„Und wie lautete er?"

„Hasenfuß – HF."

Kapitel 26

Alexander legte die Tageszeitung beiseite, als Charlotte die Küche betrat. Sie war spät in der Nacht nach Hause zurückgekehrt und so aufgewühlt gewesen, dass er aufgestanden war und sich mit ihr ins Wohnzimmer gesetzt hatte. Dort hatte sie ihm alles zu ihrem Fall berichtet. Es dauerte, bis sie zur Ruhe kam und sie beide noch für ein paar Stunden schlafen konnten. Er würde heute später in die Kanzlei fahren, aber das war kein Problem.

Nach dem Aufstehen hatte er Brötchen besorgt, den Tisch gedeckt und die Zeitung aufgeblättert. Die Schlagzeile des Tages lautete „Tatverdächtige im Mordfall Bürmer festgenommen". Er hatte den Artikel mehrfach gelesen.

„Du hast ein ziemlich gutes Näschen, meine liebste Detektivin."

Alexander zeigte ihr den Aufmacher auf der Titelseite.

„Ja? Habe ich? Was steht drin?"

„Isabel Schlüter hat offenbar alles gestanden. An Marie Bürmers Todestag hatte ihr Mann eine Verabredung im ‚Törtchen'."

„HF", schob Charlotte ein.

„Genau. Er hatte vor, einen Interviewtermin mit ihr zu vereinbaren, um sie zu den aktuellen Hochzeitstortentrends der Saison zu befragen. Seine Frau wollte ihn unbedingt begleiten und wartete im Auto auf ihn. Als er wieder zurück war, stieg sie unter irgendeinem Vorwand aus und ging ins ‚Törtchen'. Die beiden Konditorinnen mochten sich seit ihrem ersten Aufeinandertreffen nicht und gerieten in einen heftigen Streit. Es ging wohl hauptsächlich um Eifersucht."

„Isabel muss krankhaft eifersüchtig auf Marie gewesen sein – nicht nur beruflich, sondern auch, weil ihr Mann vor Jahren eine Affäre mit ihr hatte."

„Das steht hier nicht drin. Die Stimmung zwischen den beiden war wohl so aufgeheizt, dass die Situation letztendlich eskalierte und Isabel Marie vor Wut geschubst hat. Sie ist unglücklich gestürzt, mit tödlichen Folgen. Isabel hat dann die Flasche Speiseöl aus der Vorratskammer geholt, sie ausgeschüttelt und so drapiert, dass es nach einem Unfall aussah. Sie hat Marie eiskalt liegen lassen und ist mit ihrem Mann fröhlich shoppen gegangen."

„Der arme Ben. Er tut mir so leid. Er ist wirklich ein guter Typ."

Schweigend aßen sie ihr Brötchen und tranken Kaffee.

„Du, Lotta?", riss Alexander sie aus ihren Gedanken.

„Ja?"

„Wollen wir vielleicht auf unserer Hochzeit allen reinen Wein einschenken, was deine Arbeit betrifft? Dann musst du dich nicht mehr verstellen und ständig Ausreden erfinden."

Er schaute sie neugierig an.

„Das wird für ganz schön Aufruhr sorgen, besonders bei deiner Familie."

„Tja, wenn wir es nach der Trauung kundtun, ist es zu spät, um dich aus der Familie auszustoßen", schmunzelte er.

„Ich denke darüber nach."

147

Kapitel 27

Zufrieden mit ihrem Bericht drückte Charlotte auf „Senden". Sie hatte für die Detektei Phönix alle Informationen und Fakten zusammengestellt und sich per E-Mail bei Jochen und Frau Strasser für ihre Unterstützung bedankt. Es dauerte nur wenige Minuten und sie hatte eine Antwort von ihrem Chef im Posteingang. Er war beeindruckt von der detaillierten Zusammenfassung und gratulierte ihr zur Lösung des Falls. Im gleichen Atemzug teilte er ihr einen Termin mit, bei dem er einen neuen Auftrag mit ihr besprechen wollte. Sie sah sich die weiteren Termine bis zur Hochzeit an. Viel war nicht mehr zu erledigen. Nächste Woche fand die letzte Anprobe ihres Kleides statt und das war es auch schon.

Da sie sich mit Ina Steinker angefreundet hatte, besuchte Charlotte sie ab und an. Es war immer nett, das Team des ‚Törtchens' zu treffen. Neben Mia, Paul, Jenny und Heike waren noch zwei neue Servicekräfte dazugekommen, ebenfalls Studenten. Oskar war und blieb verschollen. Veronika war mehr denn je Inas rechte Hand in der Backstube geworden, was nebenbei auch für das anstehende Ostergeschäft eine gute Nachricht war. Ihr machte das Arbeiten dort viel Freude und die beiden Konditorinnen ergänzten sich bestens.

Bei einem ihrer Besuche im Café wies Ina Charlotte von der Theke aus direkt an, sich an einen Tisch zu setzen. Sie machte zwei Tassen Kaffee fertig und gesellte sich zu ihr. Nach der Begrüßung legte Ina los.

„Du wirst es nicht glauben, Lotta: Hubertus Funke hat seine Konditorei an Karl Theodor zu Wolfsberg verkauft."

„Ach Quatsch. Echt? Zu Wolfsberg? Das war doch der stets gut gekleidete Gentleman aus der Fachjury, oder?"

„Ja. Wir beide wissen ja, dass die Konditorei Funke nicht mehr über viel Vermögen verfügte. Da schien es dem Kollegen wohl der einzig würdevolle Ausweg zu sein, seinen Laden zu veräußern. Zu Wolfsberg wird ihn mit Handkuss genommen haben. Ob das unbedingt gut fürs ‚Törtchen' ist, bezweifle ich allerdings. Wir werden sehen. Hubertus Funke führt jetzt als Filialleiter seine alte Wirkungsstätte. Ich wünsche ihm, dass er damit glücklich wird."

„Vielleicht baut er dann auch nicht mehr so einen Mist wie auf der ‚Backfein'", warf Charlotte ein.

„Apropos ‚Backfein'. Das hätte ich fast vergessen: Das ‚Törtchen' ist jetzt offiziell auf Platz drei des Wettbewerbs vorgerückt. Isabel Schlüter wurde der Sieg natürlich aberkannt und so rutschen die nachfolgend Platzierten alle eine Stufe nach oben." Ina grinste.

„Das ist ja großartig! Herzlichen Glückwunsch!"

„Ach, und der Vorsitzende der Fachjury, Erich Vogtländer, der Mann mit der langen Nase."

„Ich erinnere mich."

„Er wurde von einem anderen Jurymitglied wegen versuchter Erpressung angezeigt. Offenbar hat er alles probiert, um Funke die Krone aufzusetzen. Zum Glück vergeblich."

„Das sind ja alles Neuigkeiten", sagte Charlotte erstaunt.

„Es ist so viel passiert, seitdem du uns das letzte Mal besucht hast. Cordula Blume vom Zuckerwerk hat sich erneut hierhergetraut. Ich war zu dem Zeitpunkt leider nicht da, hatte aber alle instruiert, entsprechend zu reagieren. Veronika war so nett und hat sie achtkantig hinausbefördert. Jenny und Mia, die beide gerade arbeiteten, haben sich kaputtgelacht, so beschwingt muss Veronika ans Werk gegangen sein. Sie ist einfach klasse."

„Unfassbar, dass die sich noch mal ins ‚Törtchen' gewagt hat. Wie ein kleiner Terrier, der sich festgebissen hat."

Auch Charlotte musste bei diesem Vergleich grinsen.

„Dann habe ich vor ein paar Tagen einen Anruf von der Polizei bekommen", setzte Ina wieder an.

Charlotte schaute erschrocken auf.

„Wieso? Ging es um Isabel Schlüter?"

„Nein. Es war der Polizist, der an Maries Todestag Dienst hatte und für die nicht eingeleiteten Ermittlungen verantwortlich war. Ein Herr Meier. Er hat sich auf sehr nette Art und Weise für sein Verhalten entschuldigt. Das hat mich zutiefst gerührt."

„Das glaube ich."

„Hast du eigentlich noch mal etwas von Ben Schlüter gehört oder gesehen?"

Charlotte schüttelte den Kopf.

„So, wie wir uns unerwarteterweise nach gut zwei Jahrzehnten wiedergetroffen haben, ist er nun wieder verschwunden."

Beide hingen diesem Gedanken für einige Zeit nach.

„Woher wusstest du, dass Ben seine Frau tatsächlich nach Marie fragen würde, nachdem du ihn darum gebeten hattest?"

„Um ehrlich zu sein, wusste ich es nicht. Es war schlichtweg Intuition. Schon bei unserem Treffen im ‚Wolkenbruch' hatte ich den Eindruck, dass ihn etwas bedrückte und dass er selbst gerne Klarheit hätte. Es war ein Schuss ins Blaue."

Sie schwiegen erneut.

„Und, bist du schon aufgeregt in Anbetracht der nahenden Hochzeit?", fragte Ina.

„Ein bisschen Zeit habe ich ja noch."

„Lotta, ich wollte dir noch etwas sagen." Ina hatte plötzlich Tränen in den Augen. „Es bedeutet mir unendlich viel, dass du Maries Todesumstände aufgeklärt und mich und das

‚Törtchen' über all die Wochen unterstützt hast. Deshalb möchte ich dir und deinem Zukünftigen die Hochzeitstorte gerne schenken."

Charlotte verschlug es einen Moment die Sprache.

„Ina, das ist so lieb von dir", brachte sie schließlich hervor.

„Vielen, vielen Dank. Das ist schon jetzt das schönste Hochzeitsgeschenk überhaupt. Ich danke dir!"

Sie umarmten sich und aßen anschließend noch ein paar köstliche Petits Fours.

Kapitel 28

Charlottes und Alexanders Hochzeit fand am letzten Samstag im April statt. Die Sonne strahlte vom Himmel und ein laues Lüftchen wehte, alles schien schlicht perfekt zu sein. Die Gäste waren schick gekleidet, keiner hatte mehr abgesagt. Charlotte sah in ihrem Hochzeitskleid traumhaft aus. Emma, Jule und ihre Mutter vergossen vor Freude ein paar Tränchen, als sie die Braut sahen. Alexanders Mutter Elfriede hatte ihr noch eine hübsche Perlenkette um den Hals gelegt und ihr einen dicken Kuss auf die Wange gegeben. Alexander verschlug es den Atem, als er seine zukünftige Frau zum Hochzeitsauto führte. Seine Lotta. Wunderschön.

Die Trauungszeremonie war zum Glück alles andere als trocken, sondern sehr humorvoll. Das Brautpaar und die Gäste hatten viel zu schmunzeln und zu lachen.

Beim anschließenden Sektempfang im Garten des Restaurants begrüßte das frisch getraute Ehepaar jeden einzelnen Gast und nahm Glückwünsche und Geschenke dankbar entgegen.

Als Jochen Räsner in einem perfekt sitzenden schwarzen Anzug seine Piloten-Sonnenbrille abnahm, um Charlotte zu gratulieren und herzlich zu umarmen, war Alexander zunächst ein bisschen irritiert. Er entspannte sich erst, als Charlotte ihm Jochen vorstellte. Dieser nahm ein Glas Sekt, das ihm angeboten wurde, und trat beiseite, um für die nächsten Gratulanten Platz zu machen. In dieser Millisekunde flüsterte Alexander Charlotte ins Ohr: „Du hast mir gar nicht gesagt, dass dein Jochen der nächste James Bond sein könnte."

Dass sie ihren Alexander mal eifersüchtig erleben durfte und das auf ihrer eigenen Hochzeit, hätte sie zuvor nie gedacht. Charlotte zuckte lächelnd mit den Schultern und küsste ihn.

Nachdem alle Gäste vom Brautpaar begrüßt worden waren, hatten Ina und die Perlentorte ihren großen Auftritt. Die Konditorin schob sie auf einem Rolltisch, bedeckt mit einer weißen Tischdecke, auf die Terrasse. Mit vielen „Ahhs" und „Ohhs" und Applaus wurde die Torte bestaunt. Das Brautpaar schnitt sie gemeinsam an und probierte als Erstes. Sie schmeckte fantastisch.

Vor dem Abendessen folgten die Reden. Es schien, als ob jedes Familienmitglied etwas sagen wollte. Charlotte fieberte allerdings nur einer Rede entgegen, der ihres Mannes. Sie hatte sich dazu durchringen können, dass Alexander – mehr oder weniger in einem Nebensatz – Familie und Gäste über die berufliche Tätigkeit seiner jetzt Angetrauten informierte. Alles selbstverständlich lustig verpackt.

„In der Ehe sind Lotta und ich nun glücklich vereint, beruflich wird es vermutlich noch etwas dauern. Meine Ehefrau hat sich vorgenommen, Miss Marple Konkurrenz zu machen, und wird erstmal als Ermittlerin in einer Detektei arbeiten. Für deinen Dickkopf liebe ich dich noch mehr, mein Schatz." Alexander lächelte sie stolz an.

Charlotte blickte anschließend in die Gesichter der Familie von Laurenbach. Die schauten alle so erstaunt, dass sie beinahe laut losgelacht hätte. Schnell erkannte sie aber, dass die anfängliche Überraschung in Verärgerung und Ablehnung umschlug, besonders bei Alexanders Bruder und ihrem Schwiegervater. Charlotte war sich sicher, dass es an diesem Abend nicht mehr thematisiert werden würde, später aber schon. Mit Alexanders Unterstützung würde sie sich der Diskussion stellen. Nun war es erst mal raus. Und das war auch gut so.

Nach dem Essen begann das rauschende Fest. Sie hatten alle viel Spaß, die Gäste ließen das Brautpaar häufig hochleben, es wurde getanzt, geredet und getrunken. Genau so hatten es sich Charlotte und Alexander vorgestellt.

Weit nach Mitternacht genoss Charlotte gerade einen Moment für sich. Sie hatte sich ein Glas Wasser geschnappt und im Garten eine abgelegene Bank gefunden. Der Himmel war so klar, dass unzählige Sterne zu sehen waren.

„Frau von Laurenbach?"

Charlotte zuckte zusammen und drehte sich um. Hinter ihr stand ihr Chef mit seinen Autoschlüsseln in der Hand.

„Hey, du reagierst ja schon auf deinen neuen Nachnamen. Ich möchte mich gerne verabschieden. Kann ich mich kurz zu dir setzen?"

„Gerne." Sie raffte ihr Kleid zusammen und rutschte beiseite.

„Charlotte, das mag jetzt etwas merkwürdig klingen, aber", er zögerte, „hast du einen gültigen Reisepass?"

Jochens ernster Ton ließ sie aufhorchen.

„Ja klar. Wir fliegen ja bald in die Flitterwochen. Wieso?"

„Würdest du als Ermittlerin auch einen Auftrag im Ausland annehmen?"

„Ja. Wieso?", wiederholte sie ihre Frage.

„Wie soll ich es sagen. Ich stecke etwas in Schwierigkeiten und könnte eventuell auf Unterstützung angewiesen sein. Mehr möchte ich dazu im Augenblick nicht erklären."

„O.k."

„Jetzt feiert erst mal schön weiter. Ein wirklich tolles Fest habt ihr da organisiert. Herzlichen Dank für diesen wunderbaren Tag und viel Spaß noch. Ich melde mich bei dir."

Sie umarmten sich zur Verabschiedung.

Nach ein paar Minuten hörte sie die Stimmen ihrer kichernden Schwestern hinter sich.

„Lotta! Was machst du denn hier so ganz allein?", wollte Emma wissen. „Grübelst du etwa schon wieder?"

„Komm, Emma, wir nehmen sie in unsere Mitte und zerren sie auf die Tanzfläche", frotzelte Jule.

„Und dann?"

„Dann essen wir alle noch ein großes Stück Hochzeitstorte."